本书系浙江省哲学社会科学规划课题研究成果

课题名称及编号："当代作家复出作研究"（19NDJC200YB）

| 光明社科文库 |

当代作家复出作研究

郭剑敏◎著

光明日报出版社

图书在版编目（CIP）数据

当代作家复出作研究 / 郭剑敏著 . -- 北京：光明
日报出版社，2023.10

ISBN 978 - 7 - 5194 - 6530 - 8

Ⅰ.①当… Ⅱ.①郭… Ⅲ.①中国文学—当代文学—
文学创作研究 Ⅳ.①I206.7

中国版本图书馆 CIP 数据核字（2022）第 057925 号

当代作家复出作研究
DANGDAI ZUOJIA FUCHUZUO YANJIU

著　　者：郭剑敏			
责任编辑：王　娟		责任校对：郭思齐　李佳莹	
封面设计：中联华文		责任印制：曹　净	

出版发行：光明日报出版社

地　　址：北京市西城区永安路 106 号，100050

电　　话：010-63169890（咨询），010-63131930（邮购）

传　　真：010 - 63131930

网　　址：http：//book. gmw. cn

E - mail：gmrbcbs@ gmw. cn

法律顾问：北京市兰台律师事务所龚柳方律师

印　　刷：三河市华东印刷有限公司

装　　订：三河市华东印刷有限公司

本书如有破损、缺页、装订错误，请与本社联系调换，电话：010 - 63131930

开　　本：170mm×240mm			
字　　数：200 千字		印　　张：15	
版　　次：2024 年 1 月第 1 版		印　　次：2024 年 1 月第 1 次印刷	
书　　号：ISBN 978 - 7 - 5194 - 6530 - 8			

定　　价：95.00 元

序

　　"复出作"，即作家重返文坛之际所发表的作品。具体来说，在中华人民共和国成立后的 20 世纪 50 至 70 年代，因受政治运动或文艺政策的影响，在这一时期曾有一批作家因种种原因中断了创作，而他们再回到文坛多是在 20 世纪 70 年代末、80 年代初。"复出作"有其特殊的意义和价值："复出作"与当代作家改正错划"右派"复出现象紧密相连，是作家解冻、文艺解冻的标志，是作家重回文坛的标志，是文学复苏的标志，是中国当代文学发生转型的标志性作品，有其独特而丰富的研究价值。

　　当代作家的复出及复出作的发表对新时期文学而言具有发生学的意义。在当代文学研究界，对于当代作家复出这一现象早有关注，比如在诸多的中国当代文学史中有着"归来的作家""归来的诗人"等称谓，论及的就是作家的复出给新时期文坛带来的影响。不过，已有的研究大多关注的是复出的作家与新时期的"伤痕文学""反思文学"等创作思潮之间的关联性，但对于作家复出现象和复出作本身所包含的丰富而复杂的文学史信息关注不够。可以说，作家的复出与复出作的发表是新时期文学的真正起点。作家于复出文坛之际发表的复出作具有记录历史、见证历史的作用。它出现在新时期文学大潮将兴未兴之际，是对文学转型期千滋百味的历史内涵最为生动的记录，同时它也是新时期文学叙事、抒情的开端，其所蕴含的种种面向未来的期待成为之后新时期文学发力的最初动力所在。此外，作家的复出以及复出作的问世，其中沉淀着有关当代中国知识分子的思想改变、话语表达、历史命运等诸多命题，所以对复出作现象的研究以及对复出作本身的解读，也是对当代中国知识分子精神脉络和文化心理的一种分析与研究。

以作家的复出及"复出作"的发表来审视新时期文学的起源可以使我们对新时期文学发生期的文学史内涵的认识更为深入。作为一种文学现象，作家的复出有着比伤痕文学更为丰富的历史信息。这种丰富性体现在三个方面：其一，由作家复出联系着的是转型期文艺环境、文艺政策的特殊性与复杂性。在这一时期，诸如文艺命题的讨论、文艺政策的出台以及文学会议的召开都具有一种发端、启动、转型的意味。其二，与作家复出相联系的是中国当代知识分子的思想改变史，由此也必然需要重新审视新时期文学与 20 世纪 50 至 70 年代文学之间的内在关联。其三，由作家复出现象而追溯新时期文学的发生，可以使我们对新时期文学的起源及新时期文学发生期的文学面貌及精神特征的认识更为深刻。作家复出是一个复杂的历史过程，这也构成了新时期文学发生期文学特有的面貌。以王蒙为例，1977 年 12 月，王蒙在《新疆日报》的副刊上发表了题为《诗，数理化》的一篇小短文，主题是歌颂高考的恢复，文章本身不足为奇，但这却是王蒙在时隔 13 年之后又一次公开发表文章。继这篇作品之后，王蒙相继又在《新疆文学》上发表了小说《向春晖》，在《人民文学》上发表小说《队长、书记、野猫和半截筷子的故事》。上述作品便是王蒙重返文坛之际连续推出的作品。这些作品从选材到主旨立意都有着鲜明的一致性，这便是对中心政治的刻意表现，力求政治上的安全性，有着一种主题先行的味道。同时，在这些作品中，作者回避"自我"的言说和表述，努力契合着时政主潮来组织叙事，作品的艺术性乏善可陈。究其原因，正是因为王蒙写作这些作品时，自己在政治上还没有改正错划"右派"，这一时期的写作更多带有试探和观望的性质，这种心态在当时复出的作家中可以说具有极大的普遍性，而这种普遍性的心理状态，又直接对作家复出期的创作产生了直接的影响。这种状况的出现，正与复出作家彼时的处境、身份及创作心态有关，而这些又都构成了新时期文学发生期文学的基础面貌和特征。正如王蒙在谈及当年自己复出之际，应《人民文学》编辑向前的约稿而构思创作小说《队长、书记、野猫和半截筷子的故事》时说："这时的思路完全是另一样的了，它不是从生活出发，从感受出发，不是艺术的酝酿与发酵在驱动，而是从政治需要出发，以政治的正确性为圭臬，以表现自己的政治正确性为第一守则乃至驱动力，把调动自己的生活积累，调动自己的生命体验与形象记忆视为第二原则，视为从属的却是不可或缺的手段。"① 所以我们可以鲜明地看到，涌现于新时期文学发生期的这些"复出作"的创作走向，与后来兴起的伤痕文学及反思文学的作品有着明显的区别。这一阶段的作品即使触及"昨天"，作家也严格地把

---

① 王蒙. 王蒙自传第二部：大块文章 [M]. 广州：花城出版社，2007：5.

对"昨天"的讲述限定在"拨乱反正"这一中心政治的范畴之内，而更深层次的有关人性的、历史的、文化的反思则完全没有进入作品。不仅如此，作家在这一阶段的创作中努力回避对"个人历史"的叙述，同时也回避在叙述中融入作家个人的感受与认知，可以说是一种"无我"的叙事，而这种创作特点恰恰体现出新时期文学发端期的创作特征。

另外，通过对作家"复出作"的研究，可以清晰地看到新时期发生期的文学在写作模式、写作风格、写作理念上与"十七年"文学的内在联系，甚至可以说，新时期文学最初的兴起，并不是以向五四文学的回归为流向的，而是表现为与"十七年"文学的承继与接续，这一特点在丁玲、艾青、从维熙、王蒙、流沙河、高晓声、路翎等作家的"复出作"中有着十分突出的体现。丁玲的复出作是发表于1979年7月号《人民文学》的短篇小说《杜晚香》，小说主要写一个上进的乡村女性的成长史，写她在平凡的岗位上不平凡的业绩。主人公杜晚香是西北高原上一个村庄的农家女孩，13岁那年嫁到邻村李姓家做媳妇，17岁时，丈夫李桂参军去了抗美援朝前线，后来，杜晚香在来到家乡的土改复查工作队的带动下迅速成长，成了村里的妇女主任并加入了中国共产党。1958年，杜晚香追随丈夫来到了北大荒农场，她迅速地投入北大荒火热的劳动生活中，并成为一名劳动标兵。小说注重写杜晚香的成长史，着重表现一个新中国的乡村女性如何在党的教育和培养下成长为一个理想的社会主义的新人。诗人艾青的复出作是1978年4月30日在《文汇报》上发表的诗作《红旗》，这是一首十分典型的政治抒情诗，抒发的是一种"大我"的情怀。诗歌以对红旗的礼赞，表达了对中国共产党领导下的中国革命的歌颂，表达的是对红旗凝聚着的中国精神的歌颂，诗歌在开阔的历史视野中，歌颂党的丰功伟绩以及中国人民不屈的斗争精神。王蒙的小说《向春晖》写的是清水县花园公社种子站技术员向春晖指导当地少数民族农民开展农业生产的事迹，故事的时间背景是 1976 年初至 1977 年。小说着重表现了向春晖这名汉族技术员如何扎根基层，在公社种子站带领当地农民抵住各种"左"的干扰，历经三年成功地繁育出了双杂交玉米粮，从而赢得了当地农民的信任，极大地调动了农民生产劳动的积极性。小说采用不同身份、不同立场路线的人分别发声辩论的方式对当年的政治气候进行了直观的图解，故事的展开紧紧契合着当时掀起的"实践是检验真理的唯一标准"的讨论，小说呈现出十分典型的"十七年"式的歌颂社会主义新人形象的叙述风格。可以说，作家在新时期之初的复出期的创作中这种向"十七年"文学回归的写作特点，并不是个案与偶然的现象，其中有着一种在特定的时代氛围及历史时期，历经改造的作家在归来之际的特有的政治文化心理的承载和体现。曾经被错划的作家们在重回文坛之际，通过作品首先想要向读者、向社会表达和传递的是自己在政治上一贯的忠诚与可靠。所以，对作家复出作的研究，可以让我们从中审视这些历经多年的运动冲击与政治改造的作家在重归文坛之际的那种特有的政治文化心理，而这种心理在创作中的表达，又恰恰形成了发生期的新时期文学与"十七年"文学之间的内在关联。可以说，新时期文学的发端并不是建立在对五四文学全面复归的基础上的，它最初更多对接的是 20 世纪五六十年代文学的写作范式。

通过对作家复出之际的创作的研究可以发现，作家对自己所经历的沧桑历史的叙述大多是在复出期第二个阶段的创作中才渐渐触及，由此逐渐汇聚成新时期文学的那种启蒙式的、知识分子式的以及深层的历史反思式的文学发展流向，而这正是我们在当代文学史叙述中通常赋予新时期文学的那种特征。以王蒙为例来看，小说《最宝贵的》《布礼》《蝴蝶》《春之声》等作品构成了王蒙在复出期第二个阶段最主要的创作，从这些作品可以看出，王蒙开始从最初的那种政治主题先行的"无我"式的写作，逐渐向敞开心扉、言说自我、审视历史、凝视现实的写作方向进行调整和转移。这种特征在路翎的身上也体现得十分明显。1981 年第 10 期的《诗刊》上发表的《诗三首》，即《果树林中》《城市和乡村边缘的律动》《刚考取小学一年级的女学生》是路翎复出后第一阶段的作品，诗歌传递和表达的是对社会主义新生活的礼赞与歌颂，有着十分浓郁的颂歌体的特点。进入 20 世纪 80 年代中后期，路翎在创作中逐渐开始书写自己受运动冲击之后的那段个人的经历。比如在 1985 年第 2 期《中国》上发表的小说《拌粪》以及后来写下的回忆录《监狱琐忆》等，路翎在这些作品中着重写的是那些关于自己当年在狱中及劳改农场的经历，而在这些作品中我们看到的是完全不同于复出期第一阶段的叙事走向与叙述风格。第一阶段作品中的那种欢欣、喜悦、透明的叙述语调不见了，取而代之的是一种痛苦而凌乱的记忆，有一种不堪回首的沉重包含在其中。这种现象同样出现在复出后汪曾祺的小说创作中，在发表于 1981 年第 2 期《北京文学》上的小说《寂寞和温暖》中，汪曾祺借讲述在某农业科学研究所工作的科研人员沈沅被划为"右派"的故事，道出的是自己当年受批下放改造时的心理感受。发表在 1981 年第 5 期《收获》上的小说《七里茶坊》，写的是自己被划为"右派"后一次去张家口的公厕掏大粪的劳动经历。诗人艾青在推出自己的复出作《红旗》之后，于1978年8月27日的《文汇报》上发表了总题为《诗二首》的《鱼化石》和《电》。如果说《红旗》抒发的是"大我"之情，那么《鱼化石》则是"小我"的写照，艾青在这首诗里真正将视角转向了诗人自我，通过对极具象征意蕴的鱼化石的咏叹，表达的是诗人自我历经磨难之后对生命的价值与意义的沉思。总的来看，复出的作家在新时期文坛上大多有过一个从"大我"书写向"小我"倾诉这样一个渐次转向的轨迹，而这一轨迹也显示了新时期文学创作中作家主体意识的逐渐回归。

　　总的来说，对中国当代作家复出作的研究有其特有的学术价值和应用价值。复出作本身是一种特有的当代文学史料，而挖掘、整理、考证复出作也正是对当代文学中一种特有的文学作品现象的钩沉与研究。可以说，对复出作的研究是对一段特定的文学历史和特有的文学现象的定格与放大，从而将文学转型期的那种意味深长的历史内涵充分地挖掘出来。其次，复出作也有着重要的文学史价值，无疑，复出作是当代文学发展过程中的一种特有的历史现象，它本身包含着丰富的文学史信息，其中既有复出作对于作家个体文学创作本身而言的转折意义，也有复出作作为一种文学史现象对当代文学来说的历史意义和文学意义。复出作出现在"文革"文学与伤痕文学之间，对当代文学来说可以说是补了一个缺口，20世纪80年代的文学并不是由"文革"文学直接转折到伤痕文学的，这中间的一个过渡性的文学潮流便是作家的复出作，它体现的是新时期文学发端期创作走向和特征。可以说，复出作对接着当代文学的两个重要的历史时期，上接 20 世纪 50 至 70 年代的毛泽东文艺时代的文学，下接 20 世纪 80 年代文学，它是新时期文学发生的一个起点。所以，对复出作的研究也是对中国当代文学史研究的一种推进和深化。再有，复出作还包含着十分丰富的思想史价值。复出作是作家大难之后重获生机的一种记录和见证，是作家重返文坛的标志。作家的复出以及复出作的问世，其中沉淀着有关当代中国知识分子的思想改变、话语表达、历史命运等诸多命题，所以对复出作现象的研究以及对复出作本身的解读，也是对当代中国知识分子精神脉络和思想心态的一种分析与研究。

郭剑敏

2021 年 1 月 7 日于杭州

目 录
CONTENTS

第一章 丁玲"复出作"考辨：《杜晚香》《"牛棚"小品》与《在严寒的日子里》

第一节 《杜晚香》之于丁玲复出的意义

1978 年 7 月 16 日，丁玲得到通知，摘掉了自 1957 年起被戴上的"右派分子"的帽子。自此开始，丁玲便开始考虑自己复出之际的亮相作品，而她最终选定的是一篇早已写出却一直没有发表的作品《杜晚香》。"丁玲这时很乐观，开始考虑复出时，拿什么作品作为奉献给广大读者的见面礼，她选定了《杜晚香》。"①

《杜晚香》发表于 1979 年 7 月号的《人民文学》，被丁玲视为自己的复出作。这部作品并不是丁玲复出之后新创作的。作品最早写于 1965 年，当时丁玲还在北大荒的宝泉岭农场，作品完成后未及面

---

① 李向东，王如增．丁玲传［M］．北京：中国大百科全书出版社，2015：598.

世，便因运动骤起而只能束之高阁了。1978 年 7 月获知改正错划"右派"后，丁玲将这篇作品找了出来并进行了修改，总计两万余字。1978 年底，经上级批准，丁玲回到北京治病。回到北京后，丁玲先是将《杜晚香》投给了《人民日报》，但《人民日报》的编辑认为这篇作品篇幅太长，不宜在报纸上发表，希望能进行压缩，丁玲不同意，便把稿子拿了回来转投给了《人民文学》。《人民文学》编辑看后，同意刊登，但希望修改，删去一些文字，丁玲不愿意，便又拿了回来。这时，《十月》编辑部的苏予和刘心武向丁玲约稿，丁玲便把《杜晚香》的稿子交给了他们。刘心武在当晚给丁玲的信中写道："杜晚香这个形象'是从无垠的干旱的高原上挤出来、冒出来的一棵小草，是在风沙里傲然生长出来的一枝红杏'。当前的中国，实在需要更多的默默无语、扎实苦干的杜晚香；我们的文学画廊中，也实在需要增添杜晚香这样的形象！"① 随后便通知丁玲准备在 1979 年第 3 期的《十月》上发表这篇作品。但《杜晚香》最终没有发表在《十月》上，而是发表在《人民文学》上，发表在《十月》上的是《"牛棚"小品》。其中缘由，刘心武后来回忆说，正值小说即将刊出的一天，中国作家协会的负责人葛洛来找他，"不及进屋就问我：'丁玲的《杜晚香》在你手里吗？'我说：'我已经编发了。稿件现在在编辑部。'他气喘吁吁地说：'那就快领我们去你们编辑部。'"② 这时刘心武从葛洛处得知，中央通知作协决定给丁玲改正错划"右派"，要求作协必须立即安排丁玲复出事宜，并以最快的速度在《人民文学》上刊登丁玲的作品。中央有关方面已通知编

---

① 李向东，王如增. 丁玲传［M］. 北京：中国大百科全书出版社，2015：631.
② 刘心武.《杜晚香》与丁玲的平反复出［J］. 党员生活，2009（8）：1.

辑部，丁玲落实政策的第一篇作品最好是在《人民文学》上发表。到了编辑部，人民文学出版社的严文井正赶到，也是得到中央要为丁玲改正错划"右派"的通知，出版社要赶着编丁玲的书，书里要收入《杜晚香》。正是在这一背景下，《杜晚香》最终还是在《人民文学》上刊出，成为丁玲复出文坛的标志性作品。丁玲为向《十月》杂志及刘心武表达歉意，特意将自己于 1979 年 1 月在友谊医院的病床上写出的记述自己和陈明在宝泉岭农场被关"牛棚"的往事与经历的《"牛棚"小品》交给了《十月》编辑部。

从内容上来看，《杜晚香》写的是一个上进的乡村女性的成长史，写她在平凡的岗位上不平凡的业绩。杜晚香是西北高原上一个村庄里的农家女孩，13 岁那年嫁到邻村李姓家做媳妇，17 岁时，丈夫李桂参军去了抗美援朝前线，后来，杜晚香在来到家乡的土改复查工作队的带动下迅速成长，成了村里的妇女主任并加入了中国共产党。1958 年，杜晚香追随丈夫来到了北大荒农场，她迅速地投入了北大荒火热的劳动生活中，并成为一名劳动标兵。小说注重写杜晚香的成长史，着重表现一个新中国的乡村女性如何在党的教育和培养下成长为一个理想的社会主义的新人。正如杜晚香在被评为标兵后的发言中所讲："我是一个普通人，做着人人都做的平凡的事。我能懂得一点道理，我能有今天，都是因为你们，辛勤劳动的同志们和有理想的人们启发我，鼓励我。我们全体又都受到党的教育和党的培养。我只希望永远在党的领导下，实事求是，老老实实按党的要求，为共产主义事业奋斗终生。"① 丁玲在这里借杜晚香之口，

---

① 张炯. 丁玲全集: 4 [M]. 石家庄: 河北人民出版社, 2001: 313.

表达了自己对党的感激之情，表达了自己对北大荒及北大荒人的感激之情。一个读者在读了《杜晚香》后给丁玲写信道："虽然前段时间报纸上出现过你的名字，给你改正错划'右派'，但在我心中却没有给你改正错划'右派'。这次，我以中国青年公民的身份来彻底给你改正错划'右派'，从心眼里摘掉'右派'帽子！"①

《杜晚香》的写作前后历经十余年，这是丁玲被划为"右派"后写出的第一篇作品，也是丁玲被改正错划"右派"后在《人民文学》上的亮相之作，在丁玲的心目中占据着重要的地位。丁玲之所以如此看重和喜爱这部作品，有着多方面的原因：首先，作品描写的是北大荒农场的生活，而丁玲与自己的丈夫陈明从1958年至1975年就是在北大荒的汤原农场和宝泉岭农场生活、劳动，对这块土地有着深厚的感情，丁玲将复出之后的第一篇作品献给北大荒，也是对自己那一段生活的记忆。其次，丁玲十分喜爱作品中的女主人公杜晚香，是因为自己与这个人物有着很深的情感，正如丁玲自己所说："我写杜晚香对北大荒的感情，实际也是我自己的感情，也是北大荒人共有的感情。尽管我写得不够，但如果我自己没有这样的感情，我是写不出杜晚香的。"② 杜晚香的原型是北大荒宝泉岭农场第七生产队一个名叫邓婉荣的女标兵。1964年丁玲从汤泉农场调到宝泉岭农场后在工会工作，负责组织职工家属学习，邓婉荣当时从生产队调到场部工会任女工干事，场长让丁玲帮邓婉荣学习文化，两人由此结识，并结下了深厚的友谊，所以丁玲写《杜晚香》也是对自己在人生低谷时所收获的一份美好的友谊的纪念。再次，作品中

---

① 李向东，王如增. 丁玲传［M］. 北京：中国大百科全书出版社，2015：632.
② 张炯. 丁玲全集：4［M］. 石家庄：河北人民出版社：267-268.

的杜晚香身上其实也包含了丁玲自己的身影。作品中写杜晚香是从西北高原来到的北大荒,这恐怕不是随意的安排,而是有意为之,丁玲当年在延安的西北战地服务团时,有一段时间就在西北高原活动,所以说,杜晚香的身上带着丁玲对往昔岁月的珍贵记忆。这样来看,丁玲珍视《杜晚香》也便自然而然了。《杜晚香》于1979年7月号的《人民文学》上发表后,丁玲特地将这期《人民文学》分别寄给了邓颖超、康克清以及宝泉岭农场的场长高大钧和小说中杜晚香的原型邓婉荣。丁玲以此向关心她的人宣告:"我又回到了文坛。"

第二节 《"牛棚"小品》之辨

《杜晚香》虽然被丁玲视为自己的复出作,但从发表时间上来看,散文《"牛棚"小品》才称得上是丁玲真正意义上的复出作,这篇作品发表于1979年第3期的《十月》,而且这也是丁玲被改正错划"右派"后创作的第一篇全新的作品,同时也是一篇与新时期初期文学思潮契合度最高的作品,有其特殊的意义。

《"牛棚"小品》包括"窗后""书简""别离"三章。丁玲在作品中以小说的笔法记下自己被关牛棚的经历,也写了与丈夫陈明之间的真挚情感,重点写被关押失去自由后对丈夫的思念,也有和丈夫短暂相见后的欢欣与安慰。其中"窗后"是写自己在被关押的屋里透过窗子与丈夫无声而短暂的交流,以及这种交流在这艰辛困顿时刻带给自己的莫大的安慰与鼓舞。"书简"则是写被关押在牛棚期间，丈夫陈明如何冒着生命危险，把一些鼓励自己的话写在碎纸片上或火柴盒上，并想尽一切办法避开看押者的视线，将这些小纸片抛送给自己。正是通过这些细节的叙述，作品将一对遭受政治磨难的夫妻之间那种相濡以沫的真挚的情感书写了出来。"这些短短的书简，可以集成一个小册子，一本小书。我把它扎成小卷，珍藏在我的胸间。它将伴着我走遍人间，走尽我的一生。"① 而"别离"是写自己被从牛棚转移关押前与丈夫的一次短暂的见面，匆匆一面，前程未卜，但丈夫的关爱、安慰与坚毅，成为她从容面对困境的最大的精神动力。上述《"牛棚"小品》这三章，后成为丁玲晚年所写的回忆录《风雪人间》的一部分。

《"牛棚"小品》发表后产生了较大的反响，也成为当时伤痕文学思潮里一篇重要的作品。平心而论，与《杜晚香》相比，《"牛棚"小品》更契合新时期初期的文学思潮，但丁玲本人却一再声明自己更看重的是《杜晚香》而不是《"牛棚"小品》。1982 年 3 月《"牛棚"小品》获得了《十月》文学奖，在颁奖礼的致辞中丁玲特意强调："现在《十月》还给了奖。难道真的我个人不了解我自己的作品吗？不过，昨天，今天，我反复思量，我以为我还是应该坚持写《杜晚香》，而不是写《"牛棚"小品》。自然，这里并没有绝对相反的东西，但我自己还是比较喜欢《杜晚香》。是不是由于我太爱杜晚香，人民更需要杜晚香的这种精神呢？我想或许是的。"② 之所以盛赞《杜晚香》，不仅仅是因为《杜晚香》发表在更高级别的《人民文学》上，而在于历经政治运动后复出的丁玲，不愿再让人贴

① 张炯．丁玲全集：6［M］．石家庄：河北人民出版社，2001：7．
② 张炯．丁玲全集：8［M］．石家庄：河北人民出版社，2001：299．

上任何有"右"的意味的标签,所以虽然《"牛棚"小品》获得了好评,但丁玲并不想让自己和这样一篇充满反思意味的作品捆绑在一起。同年在北京语言学院与留学生的一次座谈会上,丁玲又谈及自己对《"牛棚"小品》的看法:"但是我自己今后走的道路不是《"牛棚"小品》,我只是偶一为之。粉碎'四人帮'之后,我看了一些抒写生死离别、哭哭啼啼的作品,我不十分满足,我便也写了一篇。我的经历可以使人哭哭啼啼,但我不哭哭啼啼。这样的作品可以偶然写一篇,但不想多写。我还是要努力写《杜晚香》式的作品。"① 言谈之中,论及的是对自己进入新的历史时期文学创作的定位,但其中折射出的却是历经波折重回文坛之后丁玲的心境。

第三节 终未完成的长篇:《在严寒的日子里》

谈及丁玲复出之际的创作,还有一部作品值得关注,这便是长篇小说《在严寒的日子里》。这是丁玲在"文革"后提笔开始写作的第一部作品,同时这部作品是丁玲继《母亲》《太阳照在桑干河上》之后创作的第三部长篇小说,而在内容上也正是《太阳照在桑干河上》的续篇。

1979 年 6 月 14 日的《人民日报》上刊登了题为《作家丁玲撰写新作》的消息。文中提道:"著名女作家丁玲应人民文学出版社之约,正在重新编定她的作品集。这套新的选集将分为小说、散文、

---

① 张炯. 丁玲全集:8 [M]. 石家庄:河北人民出版社,2001:292.

评论三辑出版。她的长篇小说《太阳照在桑干河上》也即将重印出版。她正在撰写长篇小说《太阳照在桑干河上》的续篇——《在严寒的日子里》。"丁玲当年写作《太阳照在桑干河上》时便有了创作《在严寒的日子里》的打算。她在 1948 年为《太阳照在桑干河上》所写的前言中便说道:"写作过程中得到了一些沦陷的桑干河一带护地队斗争的材料,是很生动的材料。""我幻想再回到那里去,接着写小说的第二部,因此在写的当中,常常便想留些伏笔。"中华人民共和国成立后,丁玲身兼数职,事务繁多,但她写作《在严寒的日子里》的愿望也越来越强烈,为此她于 1953 年先后推掉了《人民文学》副主编、中央文学研究所主任等职,只保留了中国作家协会副主席、党组成员这两个不需要负责具体工作的职务,全力为自己创作做准备。1954 年夏天,她应时任安徽省文联副主席陈登科的邀请去黄山避暑,在黄山的五十多天里,丁玲开始潜心写作《在严寒的日子里》,写出了五万多字。1955 年,丁玲又远赴无锡待了三个多月,一方面对已写出的部分进行修改完善,另一方面又写出了三万字,总计八万余字。正在这时,丁玲被召回北京,开始接受所谓的"丁陈反党集团"的批判,从而中断了写作。1956 年初,中宣部又成立调查小组对丁玲、陈企霞问题重新调查,丁玲也向上级党组织写了申诉材料,丁玲问题有望改正,在这一背景下,是年 10 月,《人民文学》刊发了《在严寒的日子里》的前八章。而这之后,丁玲很快于 1957 年的"反右"运动中被划为"右派",创作自然又一次中断。在被下放到北大荒后,丁玲又断断续续地写出了一部分。1975 年 5 月,丁玲与丈夫陈明被一同分配到山西长治的嶂头村,稍稍安顿之后,丁玲又开始惦记着完成《在严寒的日子里》的写作。

1976年3月,在丈夫陈明的帮助下,丁玲先是对1956年在《人民文学》上发表的前八章进行修改。上述《人民日报》所登载的关于丁玲创作《在严寒的日子里》的消息正是指的这时的情形,小说"自1976年3月动笔,至1978年3月停笔,丁玲在修改前八章的基础上,一共完成24章,计12万字"①。而这写出的部分,在丁玲的计划中只是一个铺垫,一个开场。这之后,因改正错划"右派"通知下发,丁玲将创作的重心转向了自己复出后的亮相之作《杜晚香》。1979年1月丁玲回到北京,是年2月,时任安徽省作协主席的陈登科给丁玲来信希望她能将手头的稿子投给刚刚创刊的《清明》杂志,并派公刘来京与丁玲面商。有感于当年小说最初动笔就是在陈登科邀请下赴黄山时启动的,丁玲最后把写出的手稿交给了《清明》。1979年7月《清明》的创刊号上刊登出了这部小说,总计12万字。1985年6月,丁玲本打算长住桑干河畔的蔚县完成这部作品,临行前却因身体原因住进了医院,1986年3月丁玲去世,这部作品最终没能完成。1990年2月,人民文学出版社据此出版了小说的单行本。

《太阳照在桑干河上》着重写党中央"五四指示"发布后暖水屯村的土改运动过程;《在严寒的日子里》则写的是解放战争爆发后,随着局势的变化,在果园村里复杂的斗争形势以及土改成果所经受的严峻考验。故事的时间背景是1946年的秋冬时节,地点是桑干河边的果树园村,重点写随着国民党的疯狂反扑,在曾经的解放区的形势变得复杂起来,小说一开篇即写当地群众的主心骨、区委书记梁山青在去果树园村的路上与从部队开小差的地主赵金堂的儿

---

① 李向东,王如增. 丁玲传 [M]. 北京:中国大百科全书出版社,2015:589.

子赵贵遭遇，冲突中赵贵开枪打中梁山青，梁山青跌落路边沟里，生死未卜，这也为整个作品故事的展开做了铺叙。着重聚焦果树园这个刚刚经历过土改运动的小村，在这样的一个战争格局下，写出了革命形势的复杂化和艰巨化，写出不同身份的人心理的变化，写出了土改中被斗倒的地主高永寿、赵金堂等如何在形势的突变下蠢蠢欲动，联合起来伺机反扑，也写出了在严峻的革命形势下，经历土改运动锻炼和洗礼而成长起来的村干部李腊月、刘万福等，如何团结村里的群众来守护土改的胜利果实。可以说作品对当时动荡的历史和激烈的斗争做了真实的描绘，既写出了形势的严峻、斗争的复杂，也写出了人民在严峻的斗争波涛中所表现的英勇奋斗和锻炼成长。小说在内容上承接着《太阳照在桑干河上》，同样是一部具有史诗规模的富有时代特色和历史深度的作品。

第二章　王蒙的复出：《诗，数理化》《这边风景》及其"季节系列"

第一节　"复出作"：《诗，数理化》与《队长、书记、野猫和半截筷子的故事》

1963 年 12 月，王蒙举家离开北京远赴新疆，这一待就是 16 年。在 1976 至 1977 年的一段时间里，已从伊犁回到乌鲁木齐并在文联的创作研究室工作的王蒙甚是清闲，只是做一些带有政治宣传色彩的工作，如编连环画、修改剧本，任务不重，闲暇时间较多，王蒙便将游泳作为主业。不过，1976 年以来政治形势的巨大变化，也使得王蒙看到了命运发生变化的可能，带着对可能发生的转变的期待和判断，更是因着压抑多年的创作欲望在这种转机出现时悄然而动，王蒙终于又一次提笔开始了他的创作。

1977 年 12 月，王蒙在乌鲁木齐写下了一篇千字散文，题为

《诗，数理化》，文章主题是歌颂高考的恢复，他把这篇文章投给了《新疆日报》，文章很快在《新疆日报》的副刊上刊登出来，这篇作品正是王蒙的复出作——距上一次王蒙发表作品已过去了 13 年。"我试探地写了一篇小文《诗，数理化》，歌颂高考的恢复。这篇文章在报纸副刊上刊登出来，时为 1977 年 12 月，距上次在《新疆文学》上发表《春满吐鲁番》——1964 年 5 月历时 13 年多，加上 1958 至 1962 年的封杀期，1962 至 1964 年的半封杀期，我前后被冻结 17 年，半冻结 4 年。"① 这里用了"试探"一词，的确折射出了王蒙以及很多重回文坛作家彼时的创作心态。

《诗，数理化》是一篇千余字的短文，文章是围绕 1977 年高考恢复这一事件而写的，作品起笔写道："星期天我看到两个年轻人，一个在写诗，一个在做数学题，忽然感慨万端……在'四人帮'横行的时候，诗被戴上了'黑话'的帽子'枪毙'了，数理化也挂上了'白专'的牌子被打入了冷宫。"在描述了"文革"中诗与数理化被抛弃、贬斥的命运后，作者着重书写了"文革"后那种诗意的生活的回归，以及在新生活来临之际对知识的渴望。小说结尾处作者写道："诗和数理化，这是劳动人民智慧的硕果，是工人、农民、知识分子们创造的人类文化的奇葩，在清除了'四人帮'那几条蛀虫的祖国的沃土上，在华主席为首的党中央的阳光照耀和雨露滋润下，已经绽开了新花，万紫千红。幸福的年轻人，展开你为革命而学的金色翅膀吧，高声朗诵着'世上无难事，只要肯登攀'的伟大诗篇，向着四个现代化的明天，勇敢地飞翔吧！"② 王蒙在其自传

---

① 王蒙. 王蒙八十自述 [M]. 北京：人民出版社，2013：89.
② 王蒙. 王蒙文存：第十四卷 [M]. 北京：人民文学出版社，2003：22.

《大块文章》里这样谈及当年的这篇文章："歌颂高考的恢复，指名道姓地歌颂当时的领导人华与叶，批判'四人帮'的一切已被揪出示众的谬误，政治上没有一句自己的语言，没有独到的见解，如果说此文有任何可取之处，应在于我长久以来对于诗歌和数理化的兼收并爱。"① 就是这样一篇短文，虽然立意并无独到之处，但是对王蒙个人而言却是意义非凡，因为它标志着沉寂已久的作家王蒙又回到了文坛。

《向春晖》是王蒙继《诗，数理化》后发表的又一篇作品，值得一提的是，这是王蒙复出后发表的第一篇小说，该作发表在 1978 年 1 月号的《新疆文学》上。从内容上看，小说《向春晖》写的是清水县花园公社种子站技术员向春晖指导当地少数民族农民开展农业生产的事迹，故事的时间背景是 1976 年初至 1977 年。小说着重描写了向春晖这名汉族技术员如何扎根基层，在公社种子站带领当地农民抵住各种"左"的干扰，历经三年成功地繁育出了双杂交玉米粮，从而赢得了当地农民的信任，也极大地调动了农民生产劳动的积极性。小说采用不同身份、不同立场路线的人分别发声辩论的方式对当年的政治气候进行了直观的图解，故事的展开紧紧契合着当时掀起的"实践是检验真理的唯一标准"的讨论。王蒙后来对这篇小说曾有这样的总结和评价："作品有筋骨脉络，却没有肌肉神情，没有细节，没有丰满的生活情趣，没有气韵生动。但仍然符合当时的潮流，酷似当时的许多作品，意在笔先，大树先进，斗争激烈，合图合谱合辙，绝对不越雷池一步。"② 的确，历经多年的政治

① 王蒙. 王蒙自传第二部：大块文章 [M]. 广州：花城出版社，2007：4.
② 王蒙. 王蒙自传第二部：大块文章 [M]. 广州：花城出版社，2007：4.

运动，王蒙深知写出"安全的"作品是最重要的，丰满的生活情趣、气韵生动等，这些都是其次。可以说，王蒙彼时的创作心态颇具代表性，他的表述真切地反映了从"文革"结束到真正得以改正错划"右派"之前，那些头顶"右派分子"帽子的知识分子的微妙的心态。

因在《新疆日报》和《新疆文学》上连着发表了两篇作品，王蒙受到了时任《人民文学》编辑向前的注意。1978 年的一天，王蒙收到了《人民文学》编辑向前的约稿信。在《王蒙自传》里，王蒙特意记述了当时收到这封约稿信时自己的感受："那个年代，能不能上《人民文学》，能不能得到《人民文学》的约稿，竟然成为行情，不，甚至是等级与身份，是命运的通塞祸福的标志。"① 正因如此，王蒙深知这次亮相的重要性，对应该将一篇怎样的作品投给《人民文学》有着慎重的考虑，"对于《人民文学》，应该写点什么，才能表示出王某仍然宝刀未老，仍然不辜负所谓'有文才'的'最高'点评而毕竟又是十年生聚十年教训后的王蒙，很有些个令人刮目相看的无产阶级的面貌呢?"② 历经多年的运动，王蒙深知当然不能再像当年写作《组织部来了个年轻人》（发表时标题为《组织部新来的青年人》）时那样锐气锋芒，而是真正历练得老到成熟了，王蒙这样描述自己当时的想法："与五十年代的写作相比，这时的思路完全是另一样的了，它不是从生活出发，从感受出发，不是艺术的酝酿与发酵在驱动，而是从政治需要出发，以政治的正确性为圭臬，以表现自己的政治正确性为第一守则乃至驱动力，把调动自己的生

---

① 王蒙. 王蒙自传第二部: 大块文章 [M]. 广州: 花城出版社, 2007: 5.
② 王蒙. 王蒙自传第二部: 大块文章 [M]. 广州: 花城出版社, 2007: 5.

活积累，调动自己的生命体验与形象记忆视为第二原则，视为从属的却是不可或缺的手段。这样艺术服务政治，应能充分运用自己前后十多年在新疆的体验，特别是在农村生活，与维吾尔农民同吃同住同劳动的体验，写出又'红'又'专'的新作来。"① 经过反复斟酌，最终王蒙向《人民文学》杂志呈上的新作便是小说《队长、书记、野猫和半截筷子的故事》，而这篇作品被王蒙视作自己的复出作。

　　小说《队长、书记、野猫和半截筷子的故事》写的是新疆一个人民公社的基层干部的故事，表现的是"文革"后期乡村基层政治生活中两条路线的斗争问题，从而对极左路线的危害性予以揭露和批判。小说主人公维吾尔族铁木耳是生产队的队长，他作风踏实，不搞浮夸风，不弄虚作假。谢力甫是公社革委会副主任，专营权术，热衷搞阶级斗争。小说开篇从 1975 年春写起，围绕到州里开学大寨经验交流会上报材料的事，引出了谢力甫和铁木耳之间的分歧。天性幽默正直的木匠莱提甫给自己收养的一只凶悍野猫取名为吕后，讽刺的正是谢力甫等人所竭力推崇的法家代表吕后，实则是对当时所搞的尊法批儒运动的嘲讽。而半截筷子的说法来自流传在维吾尔族中的一个笑语，讽刺的是那种不务正业、喜欢背后搬弄是非的人的卑劣行径。作品虽然有着主题先行的痕迹，但能在对特定时代路线斗争的叙述中融入浓郁的少数民族风情的描写，显得较有特色，也在一定程度上冲淡了作品的政治色彩。这篇小说的发表对王蒙个人而言意义非凡，虽然当时其人还远在新疆，但作品在《人民文学》

---

① 王蒙. 王蒙自传第二部：大块文章 [M]. 广州：花城出版社，2007：5.

刊登出来，已有着全面回归文坛的意味。王蒙的妻子崔瑞芳在其所写的《凡生琐记：我与先生王蒙》一书中记录了这篇作品发表时给他们夫妻俩所带来的那种激动与兴奋："1978年6月5日，我在办公室随手翻开第5期《人民文学》，上面竟赫然印着王蒙的名字，《队长、书记、野猫和半截筷子的故事》发表了！我马上放下正在批改的作业，抱起那本杂志就往家里跑。天正下雨，我把杂志揣在怀里，浑身上下淋成了落汤鸡，杂志却安然无恙。离家门还有八丈远，我就放开喉咙大叫：'王蒙，你看，你的作品发表啦！'""王蒙正包饺子，拿沾满面粉的手一把把杂志抓过去，嘴里念念有词：'真快！真快！'20年了，我们从未有过这样的兴奋——他终于回归了他的本行！"①

上述作品《诗，数理化》《向春晖》《队长、书记、野猫和半截筷子的故事》构成了王蒙复出之际第一阶段的写作。这个阶段王蒙的处境有两个特点：一是身处新疆；二是"文革"虽已结束，但王蒙还没有得以改正错划"右派"。可以看出，在这一阶段王蒙写作的特点在于紧跟政治形势，作品在取材上把政治安全放在第一位，是一种典型的主题先行式的写作。这一时期的作品在情节展开中所涉及的尊法批儒、反击右倾回潮、农业学大寨、高考恢复等事件和运动的书写，其故事的时间背景锁定在1975至1977年"四人帮"下台前后这一段时间，而其中又将对毛主席思想的歌颂作为主线，将在华主席领导下打倒"四人帮"作为故事的结局，所写所述都突显当时的大政形势，并不做更深远的历史追溯，也不在政策形势的表

① 方蕤．凡生琐记：我与先生王蒙［M］．武汉：长江文艺出版社，2008：105.

现之外做更深的探讨；另一方面，在政治主题为先的写作理念下，作者自身也在这一时期的作品中基本处于隐身状态，可以说是一种"无我"的写作，所谓的知识分子话语、主体意识、历史反思等在这一时期的写作中无从谈起。总体上来看，在这一时期王蒙的创作，艺术上是否完美、作品内蕴上是否丰富都是其次，作为一个作家又开始写作，又开始发表作品了，这种回归，这种重新被文坛所认可和接纳是最为重要的，这构成了王蒙在复出期最为显著的创作心态。也因此，在迎合时政的主题先行式的叙述中，我们依然能够读到王蒙内心深处的那种压抑不住的欢欣，因为一切都预示着新的转机的开始，无限的生机正在蓬勃展开。

第二节　复出期第二个阶段的创作：
从《最宝贵的》到《布礼》

小说《队长、书记、野猫和半截筷子的故事》的发表，既标志了王蒙向中心文坛的回归，同时也可以说是他在复出期创作上的一个转折点，这便是开始从最初的那种政治主题先行的"无我"式的写作，逐渐向敞开心扉、言说自我、审视历史、凝视现实的方向转移。而这第二个阶段的写作正构成了王蒙复出后创作上的一个喷发期。

1978 年 6 月，时在新疆的王蒙应中国青年出版社的邀请赴北戴河团中央疗养所去写作，虽然还未得以改正错划"右派"，但此时对于王蒙而言生活已开始发生重大的转变，等三个月疗养结束回到北京后，已是门庭若市，热闹非凡，用王蒙自己的话来说是"八面来风，五方逢源"①。这一年先是长篇小说《青春万岁》由人民文学出版社出版。12 月 5 日，由《文艺报》和《文学评论》主持，文艺界在北京新侨饭店开了一次会，为许多人的作品落实政策，其中最引人注目的便是王蒙的《组织部新来的青年人》。转年春天，王蒙的"右派"问题得到彻底的改正。很快，北京文联负责出面联系，把王蒙调回北京，夫人崔瑞芳也调回北京崇文区 109 中学任教。1979 年 6 月 12 日，时隔 16 年，王蒙举家由新疆迁回了北京。回到北京后，在一年多的时间里，王蒙陆续创作并发表了《最宝贵的》《布礼》《蝴蝶》《夜的眼》《海的梦》《风筝飘带》《春之声》等作品，其中既有伤痕反思类的小说，又有开始将目光投向变化中的新生活的作品，这些作品集中发表于 1979 至 1980 年间，它们体现了王蒙复出后第二个阶段的创作走向，同时也构成了王蒙复出后的第一个创作高峰。接下来我们对王蒙这一阶段的代表性作品进行解析。

小说《最宝贵的》写于 1978 年的清明节，这是王蒙在复出后所创作的第一篇真正有伤痕文学意味的作品，是王蒙在读了刘心武的《班主任》后受到鼓舞而写下的。"我已经受到《班主任》的鼓舞，敢于写到滴血的心，写到例如'文革'，例如'四人帮'。"②《最宝贵的》截取了一个生活片段，写刚刚参加完老领导追悼会的市委书记严一行，得知当年正是自己的儿子向专案组供出了老领导老陈藏身的地址，从而使老陈被"四人帮"的爪牙抓走后被迫害致死。在严一行的责问下，儿子为自己当年的行为辩解，10 年前，他年仅 15

---

① 王蒙. 王蒙自传第二部：大块文章 [M]. 广州：花城出版社，2007：23.
② 王蒙. 王蒙自传第二部：大块文章 [M]. 广州：花城出版社，2007：10.

岁，是接受着革命教育成长起来的一个中学生，当专案组的领导找
到自己时，他觉得自己的做法只是在配合着上级领导的工作和要求，
正如儿子对父亲所说:"那时，我是多么诚实，多么轻信啊。我相信
名义、旗号和言辞，胜过了相信自己。"所以，在儿子看来，自己当
年只是相信上级领导，配合上级领导的工作而说出了老陈的住址，
所以自己不该负有责任，而且自己当年也并不知道供出地址后会导
致那样的结果。是的，事到今天，那场浩劫已经结束，受迫害致死
的老陈也改正错划"右派"，死者的冤案也已昭雪，逝者的家属也得
到了温暖的关怀和妥善的照顾，阶级敌人也已经法办，正义得到了
伸张，那一段历史已经清算，已经结束。但小说恰恰是要借严一行
对儿子的追问来表达这样的一种思考，就算是被欺骗、被利用而无
辜犯下的错，难道作为个体不应该有所担责，有所自责吗？正如严
一行所言，面对这样的过往，"你总应该觉得终生遗憾，总应该掉一
滴滚烫的眼泪。为了陈伯伯的不幸，也为了你最宝贵的东西的失去。
你总应该懂得憎恨那些蛇蝎，他们用欺骗和讹诈玩弄了、摧毁了你
少年的信念和真诚"①。在这篇小说中，王蒙不再简单地对时局大政
做亦步亦趋的书写，而是对刚刚过去的历史有了真正的个人性的追
问与反思，而这种追问无疑极具理性的深度与现实意义。

　　小说《夜的眼》在王蒙复出期的作品中也有其特殊的意义，在
这篇作品中王蒙开始将目光从"昨天"移向了当下的那种鲜活的日
新月异的城市生活。小说写曾被下放边远小镇二十多年的陈杲于
"文革"后又回到了自己所在的那个大城市，通过他受人所托到城里

---

　　① 王蒙. 王蒙文集·短篇小说:上［M］. 北京:人民文学出版社，2014:106.

找一个大领导求情办事的经历，来呈现这个城市"今天"的面貌，以及这种面貌带给自己的种种陌生和新奇。首先呈现在陈杲面前的是这个城市的全新的生活景象："大汽车和小汽车。无轨电车和自行车。鸣笛声和说笑声。大城市的夜晚才最有大城市的活力和特点。开始有了稀稀落落的然而是引人注目的霓虹灯和理发馆门前的旋转花浪。有烫了的头发和留了的长发，高跟鞋和半高跟鞋，无袖套头的裙衫，花露水和雪花膏的气味。城市和女人刚刚开始略略打扮一下自己，已经有人坐不住了。这很有趣。"① 在这样的都市生活景象的叙述中，很难想象这里昨天还是一片火热的政治运动的场景，转瞬间，城市生活已变得如此五光十色。这变化的不仅是生活的色彩，还有人们的观念，正如回到大城市暂住在招待所的陈杲所感知到的，"他可以和那些比他年龄小的朋友们整晚整晚地争辩，每个人都争着发表自己的医治林彪和'四人帮'留下的后遗症的处方，他们谈论贝尔格莱德、东京、香港和新加坡"。而在公交车上他遇到的工人装束的青年，他们在情绪激动地谈论着关于民主的话题。而新建的居民住宅区大得有如迷宫，通过开着的窗子可以看到里面的电视上正播送着国际足球比赛。小说一下子把人们的视线带入鲜活的当下都市生活当中，没有历史的纠葛，虽然离"文革"的结束刚刚过去三年，但昨天的一切似乎已遥远得如同传说。能够强烈地感觉到，这种新生活面貌的日新月异的变化，也推动了王蒙在这一时期写作重心上的快速调整和转向。继《夜的眼》之后，王蒙一鼓作气地写出《风筝飘带》《海的梦》《深的湖》等作品，都是把这种"当下的"

① 王蒙. 王蒙文集·短篇小说：上［M］. 北京：人民文学出版社，2014：197.

鲜活的生活内容和其中的滋味作为自己作品表现的重心，而这种创作重心上的调整，也使得王蒙从伤痕文学的框架中跳了出来，寻找到另一种感知并表现新生活内容的叙述手法与方式，正如王蒙自己所说:"这是在我七十年代喷发式写作过程中突然出现的一个变数。它突然离开了伤痕之类的潮流或反伤痕的潮流。""它用一种陌生的，略带孤独的眼光写下了沸腾着的，长期沸腾永远沸腾着的生活的一点宁静的忧伤的观照。它写下了对于生活，对于城市，对于大街和楼房，对于化妆品与工地，对于和平与日子的陌生感。"① 王蒙要写下那种走出政治生活后对生活很纯粹的那种感觉。

　　在复出期第二个阶段的作品中，《布礼》是王蒙创作的第一部中篇小说。谈及这篇小说题目的含义和来源，王蒙说道:"我当时以此作为我的第一部中篇小说的标题，包含了弘扬自己的强项:少年布尔什维克的特殊经历与曾经的职业革命者身份的动机。我相信，到了这个年代，除了我已经没有太多的人怀念互致布礼的岁月了。革命成功弘扬了革命，却也消解了、褪尽了革命的浪漫色彩。"② 《布礼》具有强烈的自传色彩，我们可以把这部作品看作王蒙后来写的自传系列和季节系列的最初写作。小说以选取特定时间点人生片段的方式，讲述了一个随共和国成长起来的布尔什维克知识分子钟亦成从 1949 至 1979 年的人生经历，其中重点呈现的是主人公从 1957 年"反右"运动中被错划为"右派"到改正错划复出的心路历程。中华人民共和国成立时，钟亦成是 P 城省立第一高中的学生，年仅 17 岁的他已是两年半的候补党员，那是怎样一种豪情壮志，但 1957

---

① 王蒙. 王蒙自传第二部:大块文章［M］. 广州:花城出版社，2007:48.
② 王蒙. 王蒙文集·中篇小说:上［M］. 北京:人民文学出版社，2014:43.

年的风暴使他跌入人生的谷底，曾经的少年共产党员却在这里被戴上了反党反社会主义的帽子；"文革"中钟亦成再次受到冲击，红卫兵更是以革命名义将他作为阶级敌人进行批判；"文革"结束后，钟亦成终获改正错划"右派"，但这时却有另一种声音出现在身边："全是胡扯，不论是共产党中的修养还是革命造反精神，不论是三年超英，十年超美还是五十年也赶不上超不了，不论是致以布礼还是致以红卫兵的敬礼，也不论是衷心热爱还是万岁万岁，也不论是真正的共产党员还是党内资产阶级，不论整人还是挨整，不论'八一八'还是'四五'，全是胡扯，全是瞎掰，全是一场空……"① 回首这二十年的沧桑岁月，钟亦成想要表达的并不是创痛感，也不是时代巨变下对自己曾经的那种共产主义理想信念的困惑，反倒是一种历练之后更为成熟坚定的信念，"二十多年的时间并没有白过，二十多年的学费并没有白交。当我们再次理直气壮地向党的战士致以布尔什维克的战斗的敬礼的时候，我们已经不是孩子了，我们已经深沉得多、老练得多了，我们懂得了忧患和艰难，我们更懂得了战胜这种忧患和艰难的喜悦和价值。而且，我们的国家，我们的人民，我们的伟大的、光荣的、正确的党也都深沉得多、老练得多、无可估量地成熟和聪明得多了"。② 在王蒙复出之际的众多作品中，这不仅是他在这一阶段创作的第一部中篇小说，更为重要的是这是第一篇王蒙完全指向自己，敞开自己的心扉，书写自我的作品。从《诗，数理化》到《队长、书记、野猫和半截筷子的故事》再到《最宝贵的》，王蒙一直在小心翼翼地紧跟时局，书写极富时代感的主题，他

① 王蒙．王蒙文集·中篇小说：上 [M]．北京：人民文学出版社，2014：63.
② 王蒙．王蒙文集·中篇小说：上 [M]．北京：人民文学出版社，2014：102.

回避对真正属于自己的那种历史体验的书写,而在《布礼》中,王蒙有了第一次的释怀,他真正地、完全地对自己,这样一个与新中国同步成长起来的少年布尔什维克的心路历程进行了梳理,一个在1957年的"反右"运动中被错划为"右派"的知识分子的遭际的回顾,一个改正错划"右派"复出后面对自己二十多年沧桑历程的忠诚的共产党员知识分子的内在情怀的反思。在这部作品中,王蒙终于从这二十多年"低头认罪"的沧桑经历中感悟到了与自己当年作为一个少年布尔什维克的那个满怀豪情的少年之间的内在联系,他也找到了一个风雨20世纪30年代党员与组织之间那种共经风雨、共同成长、共经磨难之间的"宝贵"的人生经历,从而使得"布礼"成为自己数十年人生成长最有价值的精神财富与信念,这便是一个经历运动沧桑的共产党人的信念宣言。可以说,这篇小说不仅对王蒙个人而言,而且对那一代有着少年布尔什维克经历和体验的知识分子而言,都有着标志性意义,这种情感刘绍棠也罢、丁玲也罢,都在复出之际的作品中表达过相同的意思。所以,这样一篇作品不仅是王蒙个人的一篇带有自传色彩的具有反思色彩的小说,还是一代曾经经历运动波折的党员知识分子改正错划"右派"后的政治心理的表达。

第三节 一部延宕的长篇小说:《这边风景》

2013年4月,花城出版社出版了王蒙的长篇小说《这边风景》,这部长篇小说后获得第八届茅盾文学奖。作品看似与王蒙的复出时

隔久远，实则关联至深，因为这是王蒙在复出期创作完成的第一部
长篇小说，只是由于种种原因，作品迟至三十年后才出版。据学者
郜元宝的考证，《这边风景》动笔于1972年，"从1972年'试写'
部分内容，1976年底完成初稿，到1978年6月去北戴河，这中间如
果因为忙碌不再有任何改动，则1976年底的初稿可算是《这边风
景》真正的原始样态，它的创作始于'文革'后期的1972年，大约
完稿于'文革'结束的1976年底"①。而据王蒙妻子崔瑞芳回忆，
王蒙是在1974年10月15日40岁生日那天决心恢复写作，从1974
年底和整个1975年都在写《这边风景》，1976年10月6日"四人
帮"下台后，王蒙加快了作品的写作速度，"这下他可以放开手脚，
大刀阔斧地写作了。经过许多个不眠不休的日日夜夜，他终于写成
了初稿《这边风景》"。根据上述情况来看，1972年王蒙应该是动
笔试写了与《这边风景》有关的部分内容，而小说正式全面铺开来
写是在1974年10月，不管怎样，有一点是明确的，王蒙时隔多年
再次提笔写作正是从创作小说《这边风景》开始的，而小说初稿完
成的时间是在1976年底。

　　小说初稿完成后，王蒙暂时将它放在了一边，将主要的精力转
向去创作前述《诗，数理化》《向春晖》《队长、书记、野猫和半截
筷子的故事》等作品，这些作品也构成了王蒙重回文坛后发表的第
一批作品，也正是因为这些作品的发表，王蒙引起了中国青年出版
社的注意。1978年初，中国青年出版社文艺编辑室编辑黄伊给王蒙
去信，邀请他去北戴河团中央疗养所写作。1978年6月上旬，王蒙

---

① 郜元宝. "旧作"复活的理由：《这边风景》的一种读法 [J]. 花城，2014
　　（2）：191-207.

坐了三天的火车从新疆来到北京，与中青社的其他同志在北京站会合后，乘车来到了北戴河。从 6 月 16 日到 8 月 31 日，王蒙在北戴河待了 46 天。在北戴河期间，王蒙主要的工作便是对《这边风景》的初稿进行充实、修改，"我在这里写新疆后期所写的《这边风景》，上午与晚上写作，下午去海上游泳"①。但这一写作过程并不顺利，这一切正与彼时急剧变化的政治气候和文艺思潮有关，对于当时自己的那种左右为难的状态，王蒙曾说道:"写作当然是去北戴河的主要目的，但是写得糊里糊涂，放不开手脚，还要尽量往'三突出'、高大完美的英雄人物上靠。我想写的是农村一件粮食盗窃案，从中写到农村的阶级斗争，写到伊犁的风景，写到维吾尔的风情文化。但毕竟是先有死框框后努力定做打造，吃力不讨好，搞出来的是一大堆废品。"② 小说动笔的时候还是阶级斗争如火如荼的岁月，又是文艺上大力倡导"三突出""主题先行"的时期，王蒙在这样的氛围下写作《这边风景》，不论是在人物刻画、情节设置、结构安排还是主旨立意上，都不可能不受到时代政治气氛的影响以及主流文艺观念的拘牵。待小说的初稿完成之际，已是时过境迁，曾经在写作中应予着力表现的政治主题及内容已开始烟消云散。时至再次面对这部手稿的 1978 年，已是有关实践是检验真理的唯一标准的讨论轰轰烈烈地兴起之际，所以 1978 年 6 至 8 月间，在北戴河写作的王蒙面对这样的一部手稿时，真的是感觉无从下手，这不是小修改、小润色可以完成的，需要伤筋动骨，需要推倒重来，这无疑需要大量的时间和精力才能够完成，而对于彼时刚刚复归文坛的王蒙而言，

① 王蒙. 王蒙自传第二部:大块文章 [M]. 广州:花城出版社，2007:18.
② 王蒙. 王蒙自传第二部:大块文章 [M]. 广州:花城出版社，2007:18.

显然无法抽出足够的时间去重写这样的一部作品，最终这个作品还是停留在了手稿阶段，没有出版。"由于此稿大情节是以批判'桃园经验'与制定'二十三条'为背景的，最初以此来做'政治正确'的保证，在形势大变以后，原来的政治正确的保证反而难以保证正确，恰恰显出了政治不正确的征兆。出版社觉得难以使用。"① 1979至1981年，王蒙又试图对书稿进行修改，但修改得并不顺利，可以说无从下手，"终于死了心，原作已经成形，体量太大，六十余万字，八十多个人物，推倒重来，已不可能。我本人承认无计可施：此稿因政治可疑而被打下另册"②。1981年王蒙在浙江《东方》杂志上发表其中的一些片段。从此以后这部小说的手稿就被束之高阁，随着时间的推移，连王蒙自己也逐渐淡忘了这部小说的存在。直至2012年，王蒙的儿子王山和儿媳刘珽打扫旧屋时偶然发现了这部小说的手稿，才使作品重见天日。在家人的动员下，王蒙对手稿进行了重新校订，"基本维持原貌，在阶级斗争、反修斗争与崇拜个人的气氛方面，做了些简易的弱化"③。小说最终于2013年4月由花城出版社出版，全书分为上下两卷，共计六十余万字。

关于小说《这边风景》的思想价值，有学者这样评述道："王蒙从伊犁农村生活的切身经验出发，通过对跃进公社爱国大队两条路线斗争以及生产生活的描写，立体地全景式地向人们展示了20世纪60年代初，新疆伊犁农村的历史文化和日常生活，是一部描写新

① 王蒙. 这边风景：下卷 [M]. 广州：花城出版社，2013：704.
② 王蒙. 这边风景：下卷 [M]. 广州：花城出版社，2013：704.
③ 王蒙. 这边风景：下卷 [M]. 广州：花城出版社，2013：705.

疆伊犁农村生活的百科全书式的小说。"① 应该说，这样的概括是较为中肯的。《这边风景》故事发生的时间背景置于 1962 至 1965 年间，着重围绕着伊犁跃进公社爱国大队七生产队如何开展四清运动而组织叙事，作品在情节结构及人物塑造方面有着鲜明的 20 世纪五六十年代农村题材作品的风格和特点，但却并不显得生硬和说教，也并没有图解政治的感觉，因为在这部小说里，浓郁的新疆边地风情和维吾尔、哈萨克等少数民族的民情风俗及日常生活场景的展现构成了作品叙事的主体，它恰恰让人们看到了，在 20 世纪 60 年代中期那样一个阶级斗争为纲理念已越来越强烈的岁月里，新疆地区的少数民族日常生活的情形。小说在人物形象的设置上虽然也有着依从阶级斗争叙事的需要而进行刻画的痕迹，但又不是简单地将人物置于路线斗争中而做脸谱化和观念化的处理，而是将人物深深地植根于新疆地区的民族文化土壤中来进行塑造和开掘，因而显得个性鲜明、立体丰满而又有着浓郁的少数民族风情。小说中人物众多，从民族成分上来看，既有维吾尔族、哈萨克族、塔塔尔族、锡伯族、东干族，也有汉族，俄罗斯族等，不同人物身上的那种带有鲜明的民族性格特点的一面都得到了充分的体现。如作品中在谈及公社书记库图库扎尔这样一个极左色彩的基层干部时这样写道："库图库扎尔就是这样的不可捉摸。他一会儿正经八百，一会儿吊儿郎当；一会儿四平八稳，一会儿亲热随意。有时候他在会上批评一个人，怒气冲冲，铁面无私，但事后那个人一去找他分辩，他却是嘻嘻哈哈，

---

① 严家炎，温奉桥. 王蒙研究：第一辑 [M]. 青岛：中国海洋大学出版社，2014：168.

不是拍你肩膀就是捅你胳肢窝。不过，下次再有什么机会说不定又把你教训一顿。伊力哈穆和库图库扎尔打交道也不是一年半载了，总是摸不着他的底。听他说话吧，就像摆迷魂阵，又有马列主义，又有可兰经，还有各种谚语和故事，各种经验和诀窍，滔滔不绝；你分不清哪些是认真说的，哪些是开玩笑，哪些是故意说反话。"①在这样的一种多维性格性情的剖析与审视中，已一点点摆脱了那种脸谱化、概念化刻画人物的局限，有了一种从生活出发的意蕴和色彩。小说中的这种浓郁的新疆少数民族风情的色彩不只体现在人物形象的刻画上，在作品中随处可见对当地少数民族日常生活习俗的描述，更是把那种别有风味的新疆风情体现得淋漓尽致，真正呈现出那种"这边风景"的韵味，如小说开篇写主人公伊力哈穆时隔多年后由外地返乡回家，年迈的外婆按当地古老的习俗在家门口迎接他，书中这样写道："在伊力哈穆家的木栅栏门口，八十岁的巧帕汗嘤嘤哭泣。维吾尔族的风习就是这样：妇女们乃至男子们和久别的（有时候也不是那么久）亲人相会的时候，总要尽情地痛哭一场。相逢的欢欣，别离的悲苦，对于未能够一起度过的，从此逝去了的岁月的饱含酸、甜、苦、辣各种味道的回忆与惋惜，还有对于真主的感恩——当然是真主的恩典才能使阔别的亲人能在有生之年获得重逢的好运……都表达在哭声里。"② 在这个场景的叙述中，不仅有着关于当地民情风俗的书写，也包含着对人与人之间真情挚爱的呈现，这在阶级斗争为纲的岁月里，更显得难能可贵。再如小说中关于维吾尔族人打馕的场景的描写："土炉烧好了，院落里弥漫着树叶、树

---

① 王蒙. 这边风景：上卷 [M]. 广州：花城出版社，2013：34.
② 王蒙. 这边风景：上卷 [M]. 广州：花城出版社，2013：13.

枝和荆蒿的烟香。面也揉好了，米琪儿婉和雪林姑丽都跪在那块做饭用的大布跟前，做馕剂儿。做馕，是从来不用擀面杖的，全靠两只手，捏圆，拉开，然后用十个指尖迅速地在馕面上戳动，把需要弄薄的地方压薄，把应该厚一点的地方留下，最后再用手拉一拉，扶一扶，保持形状的浑圆，然后，略为旋转着轻轻一抛，馕饼便整整齐齐地排好队，码在了大布上。最后，她们用一只鸡的羽毛制成的'馕花印章'，在馕面上很有规划地、又是令人眼花缭乱地噗噗噗噗地一阵戳动，馕面上立刻出现了各式各样的花纹图案，有的如九曲连环，有的如梅花初绽，有的如雪莲盛开……新打好的馕上面，充满了维吾尔农妇的手掌的勤劳、灵巧与温暖的性感。"① 由打馕作者又引发出对维吾尔族人生活哲学的感悟："打馕能引起这么大的兴趣，不能不联系到维吾尔族人生活哲学的某些特点。这个特点就是，第一是重农主义，他们认为馕的地位十分崇高，有人甚至说在家里馕的地位高于一切。第二是唯美主义，他们差不多像追求一切实用价值一样追求各种事物的审美的价值。"② 可以说，对这样的劳作场面的诗意描绘，既是对美好生活的礼赞，也是对维吾尔族那充满诗意生活的赞美。小说更为动人的是对当地美丽善良的少数民族姑娘们的描写，不论是狄丽娜尔、雪林姑丽，还是爱弥拉克孜，她们不只有着美的容貌，更有着纯真善良的心灵，她们的爱情故事也都真挚感人，呈现出一种热情奔放、炽烈真诚的美。作者在作品中常常用诗一般的语言来对她们进行描写，如作者这样去描写雪林姑丽的美："雪林姑丽，你丁香花一样的小姑娘，你善良、温和、聪明而又

---

① 王蒙. 这边风景：下卷 [M]. 广州：花城出版社，2013：609.
② 王蒙. 这边风景：下卷 [M]. 广州：花城出版社，2013：609.

姣好的维吾尔女子。笔者在边疆的辽阔的土地上，第一个见到了的，第一个认下了的，不正是你吗？那是在终年白头的天山脚下，在湛蓝湛蓝的孔雀湖边。湖水里映照着洁白的雪山和墨绿的云杉、蓝天、白云。湖边有几棵发黑的大柳树，许多深绿和嫩绿的枝条正在摆拂。有一行白鹅，在蓝宝石般的湖面上缓缓地浮游。有一团小蠓虫，在湖面上嗡动。这时候，你来了。"① 这种诗化的语言烘托和呈现的是笔下人物的那种纯真与美丽，而这又与新疆沁人心脾的自然风光完美地交融在一起，形成了小说所特有的别样风味。

第四节　虚构与史实之间：王蒙"季节系列"的述史意义

1990 年冬，王蒙出席上海文艺出版社在淀山湖召集的长篇小说创作座谈会，正是在那次会议上，刚从文化部部长职位上退下来的王蒙开始构思"写一部一个人的个人的中华人民共和国编年史"②，而这正是后来的"季节系列"小说的由来，这一系列包括有《恋爱的季节》《失态的季节》《踌躇的季节》《狂欢的季节》以及《青狐》等长篇小说。"季节系列"中的第一部《恋爱的季节》最早是发表于《花城》1992 年的第 5、6 期的合刊，人民文学出版社于1993 年 4 月出版，主要写 20 世纪 50 年代的青春、朝气、恋爱与成长，写欣欣向荣、朝气蓬勃，写新中国、新生活，写欢快、甜蜜与

①　王蒙. 这边风景：下卷［M］. 广州：花城出版社，2013：559.
②　王蒙. 王蒙自传第三部：九命七羊［M］. 广州：花城出版社，2008：33.

憧憬。写的是与青春恋爱,与新生活恋爱,与新的政治生命恋爱的那种甜蜜感与幸福感。第二部《失态的季节》,人民文学出版社于1994 年 10 月出版,写 1957 年的"反右"运动,写"反右"运动兴起,"右派分子"被批斗以及改造,时间的下限写到 20 世纪 60 年代初"右派""摘帽"。第三部《踌躇的季节》,人民文学出版社于1997 年 10 月出版,主要是写"右派""摘帽"回城后的经历和见闻。第四部《狂欢的季节》,于《当代》2000 年第 2 期刊出,人民文学出版社 2000 年 5 月出版,主要是写"文革"中当代知识分子的遭遇和经历。第四部《青狐》,2004 年 1 月由人民文学出版社出版,小说主要是描写 20 世纪 80 年代文艺界的种种境况。"季节系列"小说的主人公是有着被划为"右派"经历的钱文,钱文既是贯穿整个"季节系列"小说的线索性人物,而小说中钱文的遭遇又与作者王蒙本人经历高度重合,也使得"季节系列"小说所书写的内容具有了某种传记文学的特征,成为一个介于小说与传记、虚构与纪实之间的文本,兼具审美价值与文献史料价值。

"季节系列"的主人公钱文在其中既是线索人物,也是那风云变幻的历史生活的观察者,他置身其中,又旁观人事,他是历史的叙述者,也是被叙述的历史的经历者。王蒙通过钱文来审视自己,也审视着历史。历史在被观察,观察者钱文也在被观察。正如王蒙在小说中所写:"我们互为历史,互为博物馆的展览,互为寻找和追怀、欣赏和叹息的缘起。我们互为长篇小说。"[①] 从某种程度上,"季节系列"小说与王蒙的自传三部曲是互为对照、互为补充的,一

---

① 王蒙. 失态的季节 [M]. 北京:人民文学出版社,1994:1.

个是传记体，一个是小说体，但殊途同归，都是见证与记录历史的一种方式。自传中有所不能和有所回避的内容，却在小说中得到直面的书写；自传中受限于第一人称视角的叙事，在小说的全知视角叙事下可以更为自由地展示，所以从某种意义上也可以说，王蒙的"季节系列"小说对历史的叙述比他写的自传系列更真实，更丰富，更全面，也更具优势。就历史讲述而言，自传似乎更"忠实"地呈现着历史，但其对历史的叙述又有很大的限制，不能凭自己的观感去推测别人的心理与动机。而小说则不受这一束缚，可以自由地进入笔下人物的内心深处，可以十分细腻地刻画笔下人物性格及心理的复杂性，而这正是对历史本身复杂性与微妙性的解析，借此可以让历史得到更为丰富的展开。

《失态的季节》是王蒙"季节系列"小说中的第二部，小说着重勾勒的是身处"反右"运动中的当代知识分子群像，着力写出了知识分子在政治风暴冲击下的惶恐、沮丧、怀疑与不知所措，同时也把那种置身运动中或庆幸，或偷生，或迎合，或自嘲，或反省，或愤懑的各色知识分子心态进行了生动的书写。王蒙这样谈自己写作《失态的季节》的出发点："本人的《失态的季节》则是事隔许多年之后，是对于所谓'反右'题材的忠于人生真实之作。我们承认了失态，承认了自己的不高明，我们是在忏悔。当然更应该反思极左。我写了极左者是怎么样利用了人们的忠诚与坦直。我描写了极左者的上纲有术，那种深文周纳，那种骇人听闻，那种强词夺理，那种语言暴力，语言屠杀，语言血腥。"①

---

① 王蒙. 王蒙自传第三部：九命七羊 [M]. 广州：花城出版社，2008：127.

对于"反右"运动中"右派"知识分子的被改造，王蒙有着这样的反思："某种更深的意义上来说，使一个体面的人、专家、干部、知识分子，变成了抢稻草的落水倒霉蛋，成为有你没有我有我没有你的野兽，成为被凶恶的逻辑所毁损，于是自身也凶恶化、粗鄙化、无序竞争化即无耻肉搏化的另类人物，这不能不说是更大的人的悲剧，人性的悲剧。"① 也正因此，王蒙在写作《失态的季节》时，对知识分子遭遇的描写与对那个年代的反思有了不同寻常的思考。"人们常常叹息20世纪50年代的社会风气是何等的好，延安的作风是何等的好，同时现时的风气问题作风问题有哪些令人触目惊心之处，个中原因当然很多，而且一般地说，一味讲什么世风日下与人心不古，已经讲了百多年了，实在是浅薄与无聊，即使如此，考虑一下，历次政治运动是怎样地败坏着人心，也还是有意义的。"② 可以看到，王蒙在写"反右"运动中知识分子的心态时，是以一种镜像式的方式进行呈现，不再以悲情叙事为主导，也不做英雄化的处理，从而呈现和还原"反右"运动中知识分子形形色色的表现与心理，这既是对知识分子在运动中的百态人生的书写，也是对知识分子自身精神弱点的自我检讨。王蒙通过这样的叙述，努力回到具体的历史场景中，去还原每个个体的可怜、渺小、自私及卑劣，从这个意义上可以说，《失态的季节》对"反右"运动中知识分子处境及命运的书写，摆脱了当年伤痕、反思文学之际的那种道义优先的叙事原则，不是简单地将"知识分子受迫害"作为一个大前提展开历史叙述，而是将知识分子自身作为反省的对象，着力剖

① 王蒙. 王蒙自传第三部：九命七羊 [M]. 广州：花城出版社，2008：127.
② 王蒙. 王蒙自传第三部：九命七羊 [M]. 广州：花城出版社，2008：127.

析运动冲击下知识分子"被改造"的心理轨迹。

《失态的季节》首先呈现出的是"反右"运动中知识分子的众生相。小说里所述人物众多，除主人公钱文外，还包括曲风明、洪嘉、徐大进、苗二进、章婉婉、闵秀梅、廖琼琼、费可犁、萧连甲、鲁若、郑仿、杜冲、高来喜等人物。形态各异的人物，刻画出的是一个个身处运动中的知识分子的不同脸谱与心理，从而构成了对"反右"运动中知识分子群像的深度逼视。曲风明是小说里所塑造的一位运动中的"整人者"的典型。小说中叙述道："反右"运动一起，曲风明很快就成了单位里组织开展运动的领导者，而曲风明之所以能担起这一角色，是因为他具备这场运动所需要的"整人者"的那种思想要求和能力要求。"曲风明在'反右'运动中的表现益发好了。那里上级认定：运动的主要障碍是心慈手软的右倾思想——有的人惜老，对一些有革命资历的老同志下不去手；有的人惜才，对于一些有某种才能的人下不去手；还有的人惜'青'，对青年人下不去手。上级指出，同情右派，包庇右派，对右派下不去手的人本身就是右派。这个右派定义如惊雷地震，如醍醐灌顶，极大地鼓舞了人们无情地揪出与批判一切可能是右派分子的人。""而曲风明做这一切都是自然的，由衷的。应该说，他做得很精彩。他是难能可贵的。他很快就被吸收到系统的运动工作班子里去了。由他经手和做具体工作，划定了一大批'右派'分子。他主要做两件事：一个是找本人谈话复核该人的右派言论，判明该人的态度，衡量该人的问题的严重程度。另一个则是敲定这些个落水狗的罪行材料。"① 王蒙通过对曲风明这一形象的刻画,审视和再现的是"反右"运动中的"整人者"对"右派"分子开展批判运动的逻辑、方法与手段。小说里钱文、萧连甲等人,正是在曲风明的亲自过问下而被划为"右派分子"。在"反右"运动中,曲风明无疑是"正义"的化身,真理在握,所向披靡。他是"反右"运动最坚定的拥护者与执行者,他的思想认识、观点立场与批判逻辑正是"反右"运动得以展开的一个微观与缩影。所以,小说中对曲风明的刻画,实际上是提供了另一个对"反右"运动的历史进行反思的视角,这是从运动的批判者的视角进入历史的现场,从而与"右派分子"钱文的叙述视角形成一种互为补充的关系。小说中的曲风明极其擅长运用宏大革命话语逻辑来打开被批判者的心理防线,让那些被批判者最终能够真正地低头认罪。曲风明深谙此道,并将其运用得炉火纯青。作品里这样描写被划为"右派"的萧连甲在与曲风明谈话后的感受:"萧连甲本来是一个自命不凡的狂妄之徒,他本来一直是帮助别人批判别人以此起家专吃这碗干饭的,他本来自以为是真理在握正义在胸对于历史规律与人民利益都已经滚瓜烂熟得心应手,足以教育全世界改造整个地球的。但是,与曲风明相比,他承认自己的火候还差得远。曲风明的风度,曲风明的语言,曲风明的逻辑,曲风明的深入浅出、颠扑不破、不瘟不火、入理入情、原则灵活、苦口婆心、雅俗共赏、无坚不摧、请君入瓮,使萧连甲不能不由衷折服。他的折服的心情达到了这一步:即使曲风明判定他应该枪决,他也心甘情愿扒开胸膛接受正义的子弹。"② 萧连甲的心服口服、低头认罪,

---

① 王蒙. 失态的季节 [M]. 北京:人民文学出版社,1994:25-26.
② 王蒙. 失态的季节 [M]. 北京:人民文学出版社,1994:34-35.

似乎显示了运动的领导者曲风明的高明，但事实上，这场批判运动从一开始攻守的双方就不是对等的，被批判者从一开始便在政治上、道义上处于劣势，而认罪服罪也便成了唯一的出路。批判者的胜利最终也不是正义或者立场的胜利，事实只是占据先天主动的优势地位之后借政治的名义戏弄人心的"胜利"，运动被搅动起来的也许只是"人心"，只不过批者与被批者攻防的道具用的都是宏大的政治理论话语，而当事过境迁，曾经的政治话语已成烟云时，能看得到的也许只有"世道人心"。也许这才是王蒙在小说《失态的季节》里审视那场运动中的各色知识分子的处境与经历时，细致入微地对每一个经历者的内心世界进行深入展现的原因所在，因为在那一个个被还原的个体心理的世界里，存留着最为真实的历史信息。小说《失态的季节》的价值也正在这里，因是小说，所以可以自如地重构历史情境中个体的心理世界，而这看似虚构的心理世界，恰是揭开真相最为重要的部分，对历史的审视正是通过对人心的审视来完成的，对历史的反省与批判也便成为对运动中的人的心理世界、思想世界的反省与批判，以此构成对"反右"运动中的知识分子群体的精神批判。

继《失态的季节》之后，王蒙又陆续出版了《踌躇的季节》（1997）和《狂欢的季节》（2000）两部长篇小说。对照着王蒙的"自传系列"来读，我们可以清晰地看到"季节系列"小说与他的"自传系列"之间的那种一一对应的关系，也可以说是王蒙对同一历史生活画面所采用的两种不同的叙述方式的结果。在"自传系列"里，王蒙自己是言说者，着重写出自己的个体历史记忆与历史感知。在"季节系列"小说里，王蒙让笔下的每个人物都成为言说者，言说出每个人物自己的历史感知与心理隐秘。所以在某种程度上可以说"季节系列"小说是对"自传系列"关于历史叙述的一个补充和完善。小说《蹉跎的季节》对应的正是王蒙被划为"右派"后在京郊劳动改造，至摘去"右派"帽子后，在北京师范学院工作和生活的那段经历。这里重点是通过主人公钱文去讲述那种经过运动的惊涛骇浪之后，一个被中心政治边缘化的"摘帽""右派分子"忐忑不安又心怀期待地自觉接受改造的经历和心境。在《蹉跎的季节》里除钱文外，另一个被重点刻画的人物是犁原，一位颇有名气的文艺理论批评家，一位文艺界的大领导。作者着重写出这位身处"反右"运动中心位置的文艺界领导于运动中的那种一方面设法维护自己的领导地位、紧跟政治形势和运动动向的努力，另一方面也写出个人内心对周围人事的复杂体验以及个人情感经历的无言之痛，而王蒙正是通过对这样一个人物在身份与内心、政治与情感、意识形态话语与内心感悟的诸多冲突中，写出历史的风风雨雨、运动冲刷对一个个体所产生的那种令人心惊的"改造"，一个经过政治运动的历练而日益"成熟"的文艺界领导所经历的心灵的"异化"。

小说《狂欢的季节》对应的是王蒙于"文革"时期在新疆的那段经历。"文革"期间王蒙身处边地新疆，并不在运动中心北京，所以并没有受到运动的直接冲击，反倒有了一份可以旁观运动的"清闲"。也正因此，在小说《狂欢的季节》里作者更多借助钱文来观察他人、记录运动。小说《狂欢的季节》依然描述的是运动中的知识分子的众生相，刘小玲、杜冲、廖珠珠、洪无穷、陆月兰、祝正鸿、陆浩生、犁原、卞迎春、高来喜、赵青山等，一个个登台亮相，一个个于运动中沉浮，展示着那场运动的"波澜壮阔"，正如王蒙在小说中写道："这确实是一场翻天覆地的运动，而人们确实是充满了对于翻天覆地的渴望。中国人的不平和愤懑、屈辱和痛苦确实是太多了，而不平而愤懑而屈辱而痛苦的几千年百余年的积累、压缩、增温与变形，最后必然召唤起嗜血的天翻地覆。中国的几千年的文明史与百余年的战争史、奋斗史、失败史与革命史等待着这天翻地覆的一页，准备着这翻天覆地的一面。活着干，死了算，小车不倒只管推，活着也好死了也好，只要能把中国翻一个个儿，再翻一个个儿就好。"① 也许是因为小说的描写与史实贴得太紧，王蒙才会在所出版小说的扉页上专门声明道："本小说写到的一些地点和机构，是实有的；但其中人物故事，纯系虚构，并无任何原形依据。切切乞谅。"非但如此，王蒙还在小说的开篇处又用他那半抒怀、半议论的语言继续解释道："所有的如实道来都像是虚构，所有的虚构都像是山穷水尽弹尽粮绝，所有的父亲都像是窝囊废，而所有的儿子都像是轻飘飘的自作聪明而且呼天抢地的弱智。我将不能如实，我将不能不如实。在写了一些实有的事件、地点与单位的同时，我必须说我的人物与故事纯属虚构，如有雷同，纯属巧合了。"② 王蒙的一再声明，却恰恰暗示了小说与史实之间这种确凿的关系的存在，而正是这种关系的存在使得王蒙的"季节系列"小说于当代中国重大历史运动及当代中国知识分子改造史的记录方面具有了一种不同寻常的史学意义。

---

① 王蒙. 狂欢的季节 [M]. 北京：人民文学出版社，2000：186.
② 王蒙. 狂欢的季节 [M]. 北京：人民文学出版社，2000：1-2.

第三章　路翎复出后创作考：《诗三首》《拌粪》及其未刊作

第一节　路翎的"复出作"：《诗三首》

1981 年第 10 期的《诗刊》上发表了路翎的《诗三首》，它们分别是《果树林中》《城市和乡村边缘的律动》《刚考取小学一年级的女学生》，三首诗均创作于这一年的七月，这是路翎改正错划"右派"复出后第一次公开发表的作品。复出后路翎的创作是从热情地拥抱阳光、热烈地歌颂新生活开始的。

《果树林中》是《诗三首》中的第一首，整首诗以一种欢快的笔调书写夏季公社果树园里的不同年龄的社员们劳作的场景，洋溢着欢乐的气息，呈现的是收获的喜悦，弥漫着热烈奔放的氛围，诗歌最后一节："啊，夏季的，芳香的，快要收获的中国农村，公社的树林，果木林里。"这既是全诗的基调，也是贯穿全诗的主旋律。在诗歌里我们可以看到路翎在语言的诗化上所做的努力,"浓郁芳香""深邃、幽暗""忧郁的幸福"等等,都具有非常强的修辞色彩,将乡村果树林里的夏季景象勾勒得如诗如画,也使得整首诗歌有一种浓郁的诗意美流动其中,与整首诗的那种欢快的旋律相得益彰。《诗三首》中的第二首名为《城市和乡村边缘的律动》。在这首诗里,路翎主要是写不论是乡村还是城市,不论是老人儿童,还是壮年青年,不论是体力劳动者还是智力劳动者,他们都处在沸腾的生活中。城市里新建的高楼,高耸的烟囱,鸣叫着的旅客列车,与乡村里黄色的麦田、黑色的泥土以及闪动着翅膀的蝴蝶交相辉映,从而让人们真切地感知到"城市和乡村的边缘生活沸腾着,欢乐和希望颤动着"。诗歌明快、直白,用散文化的语言去描绘新生活的场景,去抒发对新生活的赞歌,体现出了路翎在此时对新的生活面貌的喜悦之情。第三首《刚考取小学一年级的女学生》是写一个刚刚考取了小学一年级的小女孩对即将开始的新的学习生活的那种兴奋、激动的心情。诗歌定格的是一个就要开始读小学的女孩子对成长的渴盼,对就要到来的新生活的憧憬。整首诗歌将一个女孩子的调皮、欢乐尽收笔底,让人真切地感受到路翎内心深处所跃动的那颗童心。继《诗三首》于《诗刊》发表后,路翎随后在 1981 年 11 月 29 日的《光明日报》上发表诗作《春来临》;于 1982 年 1 月 21 日的香港《新晚报》的"星海"副刊上发表《诗二首》:《阳光灿烂》和《鹏程万里》;于 1982 年第 1 期的《青海湖》上发表诗歌《月芽·白昼》。这些诗作均体现出一种鲜活明快、热情洋溢的风格,都是对新生活的赞歌。这些诗作的发表,正式地宣告了路翎的复出。对于那些关注、关心路翎的人们而言,这些诗的艺术上的水准及高度并不重要，最为重要的是这些作品的发表意味着路翎又可以创作作品了，这对历劫多年、精神上饱受磨损的路翎而言，能够再次写作这本身便意义非凡。这一点，我们从路翎的好友、诗人曾卓在当年读到路翎的这几首新发表诗作后所抒发的感慨中便能强烈地体会到。

路翎从狱中回到芳草地所在的家中，好友曾卓曾于1978年去看望过路翎，那时的路翎精神状态很差，"显得冷漠、迟钝、健忘"，使曾卓在探望归来后发出了"他还能够写作吗?"的疑虑。而仅仅在两年之后，曾卓便在《诗刊》上读到路翎新创作的诗歌，激动之情溢于言表。他特意写了文章《读路翎的几首诗》来表达自己的心情，我们摘取一段来具体地看一下曾卓对路翎的复出作《诗三首》的评价:

> 没有想到，两年多以后，我就读到了他的诗。
>
> 而且，那是这样的诗:这里没有任何伤感，他歌唱的是今天的生活。这里没有任何矫揉造作，他朴实地歌唱着在生活中的感受。这里没有感情上的浮夸，他的歌声是真挚、诚恳的。
>
> ……
>
> 那么，仅仅两年多的时间，他就突破了由于深沉的痛苦而产生的迟钝和冷漠，恢复了生活的激情，生活的敏感——根源是恢复了对生活的爱。这是真正令人惊奇和欣喜的。一棵枯萎的树又发青了，在时代的阳光下。
>
> 我喜欢这几首诗，而且通过这几首诗所说明的和预示的东西也使我喜悦。①

---

① 曾卓.曾卓文集:三[M].武汉:长江文艺出版社，1994:150.

　　历经多年磨难的路翎再次提起笔时，是以对新生活的热烈歌颂来拉开创作的帷幕的，这种写作主旨的表达不仅表现在诗歌创作中，在他复出之后所创作的小说中也有着十分鲜明的体现。短篇小说《钢琴学生》发表于《人民文学》1987年第1—2期的合刊上，这是路翎复出后在《人民文学》发表的第一篇小说，因而也便具有特殊的意义。小说写的是年仅六岁、还在读幼儿园的小孩子李国强一次独自坐公共汽车去一个私人钢琴教师家去学钢琴的经历。小说的主旨是对一种新人新风的歌颂，写出以年轻姑娘李云为代表的热情的乘客们的美好的心灵，以及这种朝气和美的心灵在生活中的传递和感染，从而使得整篇小说洋溢着一种朝气蓬勃、昂扬向上的气息。可以看出，路翎创作这样的一篇小说是想写出那种新时期新的社会风尚来，那是一种人与人之间的信赖，人与人之间的互助，人与人之间的关爱。作家汪曾祺当年在读到路翎的这篇小说时特意写了评论《贺路翎重写小说》，在文中汪曾祺写道："有位编辑到我家来组稿，说路翎最近的一篇小说写得不错。我很惊奇，说：'是吗?'找来《人民文学》便赶紧翻到《钢琴学生》，接连读了两遍。我真是比在公园里忽然看到一个得了半身不遂的老朋友居然丢了手杖在茂草繁花之间步履轻捷、满面春风地散步还要高兴。我在心里说：'路翎同志，你好了!'我不是说《钢琴学生》是一篇多么了不得的好作品，但是的确写得不错!应该庆贺的是：路翎恢复了艺术感，恢复了语感，恢复了对生命的喜悦，对生活的欢呼。这是多不容易呀。年轻的读者，你们要是知道路翎受过多少苦难，现在还能写出这样泽润葱茏的小说,你们就会觉得这是一个不小的胜利。"①

　　从《诗三首》到《钢琴学生》,体现了复出后的路翎写作上的一种走向。路翎在这些作品中表达出了强烈的对阳光的渴望、对幸福生活的赞美、对纯真的童心的喜爱、对人与人之间相互信任感的感动,这种简单而纯朴的表达,体现了路翎内心的渴念,正如路翎的女儿徐朗在谈及父亲的这些作品时所说:"有谁知道,地狱里煎熬过来的老人心中有多深多重的悲苦,这痛苦的灵魂是多么渴求沐浴温馨,而疾病乃至纠缠于心底时常冒出来折磨老人的恐怖的幻影是多么需要阳光来驱散。能置身于理解、信任、荣誉与平等温馨之中,尽享做人的尊严,感受与领悟自身的价值,这一切,进一步唤醒了沉睡的青春记忆,焕发了依旧不屈而年轻的心灵的春天。父亲要用笔、用心去抒写、去拥抱这心灵解放的春天,去做一次心的飞翔。"② 是的,也许是太长时间难见阳光,复出后的路翎才会对阳光如此敏感。人与人之间的一点点小小的善意与热情,都让路翎有所触动甚至感动,而孩童的纯真无邪也让路翎感到一种真切的温暖的生活的美,所以他会在复出之际的创作中更多地关注和书写平凡生活中的点滴美好,抛开经过多年的改造而形成的紧跟形势、努力歌颂时代的思维惯性不论,有过漫长暗夜生活经历的路翎在这时写出这样的作品,体现出的是一种来自内心深处的拥抱阳光与温暖的渴望。

---

① 汪曾祺. 贺路翎重写小说 [N]. 人民日报, 1987-02-24 (8).
② 张业松. 路翎印象 [M]. 上海:学林出版社, 1997:279.

第二节 《北京晚报》散文系列：
"扫地工"经历的叙述

1984 年至 1986 年，路翎应李辉的约稿在《北京晚报》上陆续发表了《天亮前的扫地》《垃圾车》《愉快的早晨》《城市一角》《园林里》等文，这些大都是路翎对自己当扫地工的一段经历的叙述。1992 年第 1 期的《香港文学》上发表的《错案 20 年徒刑期满后，我当扫地工》是路翎生前发表的最后一篇作品，谈的也是自己当扫地工的经历。扫地工，这是路翎从 1974 年 6 月刑满释放回家到 1979 年 11 月改正错划"右派"之前这段时间里主要从事的工作，而对这段经历的叙述成为路翎复出之后写作的又一重要内容。

1974 年 6 月 19 日，路翎刑满释放。从 1975 年起路翎在街道居委会的安排下当扫地工直至 1979 年宣布改正错划"右派"。这里所谈的路翎复出后所写的回忆散文系列，正是对这段当扫地工经历的叙述。对于如何成为一名扫地工，路翎在其《错案 20 年徒刑期满后，我当扫地工》一文中有着详细的叙述：

我穿着监牢犯的衣裤，便回到我离别二十年的北京，离别二十年的家了。

我的妻子余明英对我说：

"你回来，必须谋生。我现在在麻袋工厂，我每月只有二十元左右收入。"

"是这样的情形。"我的大女儿徐绍羽说。

我从劳动大队带回来十五元,是劳动大队发给我的刑期满的津贴,我的妻子便愉快地拿去了。

"我们米正吃完了,正缺钱买米。"

我开始谋生。为扫地工。

当扫地工很辛苦,每天天不亮就要出去,一直要干到下午两点多钟。收入也不高,一个月 15 元左右的样子,而且这些钱还要自己挨门挨户地去收,每户每月收一角钱的清扫费,收上来后由所在片区的几个扫地工平分。路翎的女儿在《父亲的晚年》一文中讲到父亲当时劳动的情景:"每日凌晨三时,大地还在沉睡中,老人即拿上一把吱吱哇哇的破旧的大扫帚,拖着一辆嘎嘎作响东倒西歪的独轮车,迈着同样歪歪扭扭的沉重脚步去履行他的职责。"① 面对这样一份颇为辛苦的工作,路翎却很坦然:"我感觉到我是起床早的北京人。我是南京人,1950 年来北京住了,也便对北京有个大的感觉。我觉得这古老的城有新的建筑与生命,显出北京的律动。我扫完一个较大的面积便到街角里吸烟斗与烟杆。这时候我很贪婪吸烟,我又扫窄巷时常有粪便的胡同,又扫横的,有大院子的大街。"②

这大概便是 1975 年至 1979 年之间路翎的日常工作状态,虽然路翎在叙述中努力要体现出一种积极主动、乐观向上的态度来,但这一时期的路翎不论是从精神状态还是从家庭生活状况上来说其实可以说是十分糟糕的。自路翎 1955 年被关押后,路翎的家人便被安

① 张业松. 路翎印象 [M]. 上海:学林出版社,1997:274.
② 张业松,徐朗编. 路翎晚年作品集 [M]. 上海:东方出版中心,1998:431.

置到了芳草地的一所十来平方米的简陋的平房里。我们在路翎对这一时期自己工作情形的叙述，与在同时期探望过他的友人们的叙述中，读到的是两个相去甚远的路翎的状态。在朋友的眼中，这一时期的路翎是一个完全没有了往昔的神采与活力、在精神上有着深深的创伤的年迈的老人；而在路翎自己的叙述中，这时的自己却是一个欣慰于重回生活轨道、兢兢业业的社会主义劳动者。在路翎所写关于自己当扫地工的这些回忆性的文章中可以看出，路翎对这份工作是十分满意和珍惜的，因为路翎知道，这一个月十多元的收入一方面对补贴当时十分困顿的家庭来说也是十分现实的，另一方面，虽然是扫地工，但相对于多年监牢的生涯，毕竟又恢复了自由的身份，在政治上不论对于自己还是受到牵连的家庭成员来说也都有了几分慢慢变好的期待：

> 我的妻子很贫寒。麻袋厂的灰尘很多，工作很苦，他们有时便在大街上围着围裙操作，剪开和摊开潮湿的麻袋。我的大女儿徐绍羽在小学教书，二女儿徐朗三女儿徐玫都在农村插队未归来。我的妻很贫寒，但她坚决地计算她的生计，坚决地往前，她说，二女儿她们渐渐有希望归来，我出狱了，她们的政治待遇可以改变一些，我必须努力操作扫地，这便是我走出胡同，往大街去扫地时的心境。①

正是基于这样的心态，路翎十分珍惜这份工作，他听从居委会领导的安排，任劳任怨，兢兢业业，"我用家庭的小扫帚开始为扫地工，我觉得我在这大城的腹部有位置，我便想着我将和它，这大城

---

① 张业松，徐朗编 . 路翎晚年作品集 ［M］. 上海：东方出版中心，1998：424.

市协调,而生活下去。我的暗淡的情绪受到了这个和我的妻子与女儿的鼓舞和推动,因为我必须努力下去,必须栖息在这大城市里和它协调,因为我的心跳动着,想于危难中建设我的生活"①。在路翎的叙述中,读到的不是关于艰辛劳作的倾诉,而更多的是一种以新的身份投入新的工作的欣喜。在1984年至1986年《北京晚报》上所发表的讲述自己从事扫地工作过程中的见闻、心得与感悟的回忆性散文中,路翎均在努力地表达和传递一种面向新生活的朝气和热情。在《天亮前的扫地》一文中,路翎重点讲述的是在每一天的清晨挥舞着大扫帚打扫街道的过程中,所看到的北京黎明时分的景象,那街边居民窗户上透射出的灯光、上早班的人们奔波的身影、胡同里邻里亲切的打招呼声,都让路翎感觉到这座城市的温暖和感动。"北京人有着纯朴的民风,直爽、明朗、有礼貌。天亮前的扫地,我逐渐增加和他们相识。他们的急急走、急急地推着自行车,骑上车子的姿态和他们的明朗的声音,和那大街边雄伟地矗立着的楼房的骨架,同样地给了我北京市开始建设起来的兴奋的印象——黎明前的扫地,这些是我难以忘怀的。"② 这种兴奋而愉悦的劳作心得在《愉快的早晨》一文中也有着直观的呈现,在这篇散文中路翎十分愉快地回忆了自己当扫地工时的一个星期天里,一个小学的小学生们搞课外活动来和他们一起扫地,以及自己从孩童们充满朝气的身上所受到的感染。在《城市一角》中,路翎则将目光投向那些从乡下来到城市里,或旅行或谋生的形形色色、男女老少的人们忙碌的身影,从中感知到的是乡村生活的巨大进步和变化。《园林里》则是从

路翎. 错案20年徒刑期满后,我当扫地工 [J]. 香港文学,1992 (1):422.

② 张业松,徐朗编. 路翎晚年作品集 [M]. 上海,东方出版中心,1998:234.

公园里人们身上的种种去体味春的气息以及时代的旋律。"水边上和发绿的树下面，椅子里和草地上坐着读书的男女，也有走着背诵英文和数学、物理方程式的，也有躺卧在草地上看着小说的青年和坐在地上、笔记本书籍摆在椅子上做着功课的少年。一年的冬天过去了，公园里充满生气而活跃，早晨锻炼身体的人们和读书用功的人们，表示了这时代的春天。"① 一面是路翎在文中所表达出的那种愉快与朝气以及对新生活的热烈颂歌，一面是当时自己家庭生活的艰辛、难耐与困顿，两者之间形成了巨大的反差，是路翎失去了倾诉伤痛的能力，还是历经改造之后学会了书写主旋律，关于这一点，时任《北京晚报》的编辑，也是向路翎发出稿约的李辉有过到位的分析："现在想来，当扫地工的生活对于在狱中度过二十年的路翎来说，当然是一种安慰一种解放。和妻子女儿生活在一起，走在北京的胡同里，在普通老百姓中间，那种政治上的压力相对减少。虽然每月仍要按时写汇报，但毕竟不同于幽禁时期的孤独和压抑，备受精神分裂折磨的他，也才可能渐渐有一种稳定和放松的感觉。这就难怪他对扫地工的生活情有独钟，用清新温馨的笔调来描写它。"

第三节　凌乱的回忆：《拌粪》
《监狱琐忆》及其未刊作

　　路翎的女儿徐朗回忆道，在父亲改正错划"右派"后，亲朋多

---

① 张业松，徐朗编. 路翎晚年作品集［M］. 上海，东方出版中心，1998：243.

次提议路翎能抓紧时间多写些回忆文章，以把那段历史记录下来，"我们作为家人也曾一再提醒与敦促父亲，望他能用自己的笔向我们讲述，更为后人与文学史留下那沉重而足以撼人心魄的一页。父亲是领悟了大家的鼓励而更加奋力向前了。只是或许，老人那饱经磨难而伤痕累累的心已无力再承受那毁灭性的苦难，致使涉足这方面的文字只寥寥数篇"①。这"寥寥数篇"主要包括小说《拌粪》、回忆录《监狱琐忆》以及后来收入《路翎晚年作品集》中的那几篇未刊作。

可以说，路翎复出期的作品有一种两极化的倾向，一类作品为"颂歌体"，这些作品洋溢着生活的热情和朝气，以发表在《诗刊》上的《诗三首》、散文《城市一角》《愉快的早晨》《公园里》以及小说《钢琴学生》《雨伞》等为代表；另一类作品可谓"伤痕体"，以小说《拌粪》及回忆录《监狱琐忆》为代表。

1985 年第 2 期的《中国》上发表了路翎的小说《拌粪》，这是路翎复出后发表的第一篇小说。这是一篇典型的伤痕文学作品，是有关"昨天"的叙事。主人公李顺光是一个中学语文教师，后因受陷害而成了身穿囚服的劳改犯人。小说着重围绕一次在劳改队里拌粪的任务，写了刑事犯朱毕祥、刘武等对李顺光的欺压，写了李顺光的隐忍与坚毅，写了劳改队队长李应对李顺光遭遇的同情以及力所能及的关照，也写了同遭陷害而入狱的狱友王富对李顺光的同情和帮助。从小说中可以读到同在劳改队的犯人中，冤屈入狱的知识分子与刑事犯之间的矛盾，以及刑事犯凭借暴力和蛮横对这些

---

① 张业松. 路翎印象 [M]. 上海：学林出版社，1997：276.

头戴"反革命"帽子的知识分子的欺负。这种状况在张贤亮和从维熙的相关作品中也有所谈及，这也从一个侧面折射出当年在劳改队改造的如路翎这样的知识分子的艰难处境。小说在书写出这种状况的同时，也写了主人公李顺光在这种处处遭受欺压的环境中，却坚守自我，不向恶势力屈服，而这些都有着路翎当年被关押和劳改时经历的影子。

回忆录《监狱琐忆》刊发于 2011 年第 3 期的《新文学史料》上，在这篇文章中，路翎讲述了自己从 1955 年 6 月被批捕直至 1974 年刑满释放的二十年里的经历。重点写了自己在延庆农场劳改大队、秦城监狱、塑料鞋厂良乡农场劳改大队以及安定医院的经历。叙述中时有混乱和言语不详之处，但依然可以从中感知路翎被关押期间的大体遭遇和状况。路翎述及在监狱和劳改农场自己劳作的情况，写个别管教干部对自己的关心和同情，写关押在一起的刑事犯对自己的欺压，写狱中的环境和饮食情况，也写家人的探望和对故乡及家人的惦念。与这段劳改的经历相关，路翎还写有回忆性散文《红鼻子》《种葡萄》《安定医院》《喷水与喷烟》等，这几篇文章均未发表，后收入了由张业松、徐朗编选的《路翎晚年作品集》中。在这些作品中，路翎以一种不加修饰的方式叙述着自己当年在狱中的遭遇和见闻。在复出后的作品中可以看出，当路翎书写眼前的新生活、新面貌时，他的叙述是流畅的，充满着喜悦与赞叹之情，尤其是对孩童的叙述，闪现着一颗童心，纯真而质朴，有着十分细腻的对孩童生活的观察以及对孩童心理的捕捉。但当路翎叙述自己在监狱以及劳改大队的经历时，常常会出现叙述混乱、词不达意的情况，这也恰恰体现出这种叙述和回忆对路翎来说是十分痛苦的，每一次的叙述都会给他带来强烈的刺激，会把他内心深处最痛苦也最恐惧的记忆激活，而在激活之后，又一次次地让他陷入一种几近失控的狂躁的状态，以致我们才会在他的这些书写自己最为痛苦的记忆的行文里，看到那些含糊不清的叙述。对于路翎而言，也许那些书写阳光、书写孩童、书写朝霞的文字是一种有益心理的"理疗"方式。

在路翎复出后创作的众多作品中，有八部最终没能出版的长篇小说值得一提。据路翎的家人回忆，改正错划"右派"后，路翎一天到晚在写，连午觉也不肯睡，写出了很多作品。尤其是路翎在应李辉的约稿发表了几篇散文后，更是进入了一个高强度的写作状态中。路翎的女儿徐朗回忆说："最初发表的大约就是前面提到的《北京晚报》的李辉同志（现在《人民日报》社）约写的几篇短文。这以后，一发而不可收。每日清晨即起，简单早餐后，父亲便端坐在宽大的书桌前开始写作，中午略略小憩后接着写，直至傍晚。每日熄灯后，还要静坐床头（母亲笑曰为'打坐'），倚着靠枕，遥望窗外闪烁的星空而神思遐想，直至夜深。"① 从数量上来看，路翎复出后的创作是惊人的，除前面提到的作品，路翎还创作完成八部总计540多万字的长篇小说，但这些作品却由于质量问题最终都没有能够出版，手稿至今还保管在路翎家人的手中。这八部长篇小说分别是《江南春雨》《野鸭洼》《吴俊英》《陈勤英夫人》《表》《乡归》《早年的欢乐》《英雄时代和英雄时代的诞生》。从内容上来看，《江南春雨》写的是个体户勤劳致富的故事，反映了在改革开放的大好形势下，祖国进行经济领域建设的欣欣向荣的景象。《野鸭洼》写

---

① 张业松. 路翎印象 [M]. 上海：学林出版社，1997：275.

的是"文革"后期路翎出狱后当扫地工的经历。《路翎传》的作者朱珩青在《归来吧，路翎》一文中写道："我有幸读过《野鸭洼》的部分章节。书中洋溢着打倒'四人帮'的欢欣，表现了'右派''监督分子'们虔诚的改造过程和隐隐的忧伤。"①《吴俊英》是写一名普通妇女吴俊英热爱文学，坚持正义，对理想人格的追求。《陈勤英夫人》通过对某针织厂女工陈勤英的辛勤工作、努力追求理想的描写，反映了新时期妇女在政治、经济等方面的发展和进步。《乡归》是通过一位历经坎坷的军队离休女干部回井冈山经历的描写，反映了其久经考验，对党忠诚，追求理想的人生情怀。《早年的欢乐》表现了新时期农村妇女在经历了早年的曲折与辛酸生活之后，开始走向城市，为实现人生价值和理想而奋斗。作家出版社的编辑朱珩青当年去路翎家采访时读到过这些手稿，"沉醉在这样一个巨大的创作冲动里，他拼命地写着。但是，他的精神力已经超负荷了。于是在他的创作里，就显现出时而糊涂、时而清醒的迹象。笔者清楚地看到：在写得较为工整的稿子旁边，出现一些粗笔道的字迹。前者是正常的叙述，后者则是疯狂的骂人话。什么大狗、小狗、狗屎、混蛋之类"②。李辉在为《路翎晚年作品集》所写的序《灵魂在飞翔》一文中谈及自己在路翎复出后采访时的感受："很明显，他的思维、心理状况，已不允许他架构小说特别是长篇小说这一形式。同时，他的语言方式，也难以摆脱年复一年经历过的检讨、交代的阴影，大而无当或者人云亦云的词汇，蚕食着他的思维，蚕食着他的想象力。每当他兴致勃勃地拿出小说手稿给我看，我心里就不由

---

① 朱珩青.归来吧，路翎 [J]. 文学自由谈，1994（03）：68-72.

② 朱珩青.路翎：未完成的天才 [M]. 济南：山东文艺出版社，1997：132.

得掠过一阵阵悲哀。对他,我不便直截了当地说出自己的感受,就
只能用一些空洞的话鼓励他,不至于让他失去创作的热情。"① 可以
感受到,路翎复出后所写的这些长篇小说,显示了他意欲在更大篇
幅、更长的时间跨度里去把握时代脉搏、审视风云历史的尝试和努
力,他想要再次写出史诗规模的大作品来,但是已深受损伤的精神
和心理,已使他难以让自己的写作支撑起自己的宏愿,而多年审查
交代的思想改造,已使他的这种写作的努力与自己的愿望完全脱节。
但不管艺术上有着怎样的缺失,这些作品都可以说是一个当代作家
沧桑于世的记录与证明,有其独到的价值。

---

① 张业松,徐朗. 路翎晚年作品集 [M]. 北京:东方出版中心,1998:3.

第四章 张贤亮的"复出作"《四封信》及其小说中的同情叙事模式

第一节 张贤亮的"复出作":《四封信》

1978 年,张贤亮还在宁夏的南梁农场劳动,余暇时写了一些政治经济学方面的论文投递出去,但都被退了回来。可以看出,在这一时期,张贤亮对自己未来发展的规划不是在文学创作方面,而是想在政治经济研究领域有所作为,这与他在这个阶段的阅读有很大的关系,20 世纪 80 年代所写的小说《绿化树》里对男主人公章永璘于劳改之际如饥似渴地阅读马克思的《资本论》的描写,有着张贤亮自身的身影。张贤亮在这一期间政治经济学方面的书读了不少,论文也写了一些,但没有实质性的收获,也没有得到外界的认可,正在苦恼之际,有朋友力劝他放弃政治经济学的研究转向文学的创作,张贤亮曾在一篇文章中这样记下了当时的情景:"一个好朋友劝我：你何不写写文学作品，引起人注意，好让你们农场尽快解决你的问题呢？一语道破天机。我顿时茅塞大开，及时改弦更张，一晚上写了一篇四千字的小说——《四封信》，投寄给《朔方》。感谢《朔方》的编辑同志，很快就以头条位置把这篇小说发表了。《朔方》，在我再次走上文学的道路上起了关键作用。"这篇小说《四封信》正是张贤亮的"复出作"，它不仅标志着张贤亮重归文坛，同时也从之前的诗歌创作转向了小说，并以此拉开序幕，成为20世纪80年代文坛上一位极具影响力的作家。同时，也正是因为这篇小说的发表，张贤亮引起了时任宁夏回族自治区党委副书记陈冰的关注，在陈冰的过问下，张贤亮从南梁农场调到宁夏文联工作，正式地结束了自己的劳改生涯，成了宁夏的第一个专业作家，后被选为宁夏文联副主席兼宁夏作协副主席，后又升为主席。张贤亮的"复出作"《四封信》发表于1979年第1期的《宁夏文艺》（后更名为《朔方》）。讲述的是一个改正错划"右派"的老干部、老党员、老革命，在自己身受政治劫难的岁月里，写给妻子的四封家书，通过家信，以一个亲历者自述的方式，还原一段历史，沉淀一份记忆。小说用追叙的方式，写刚刚改正错划"右派"的老干部因心脏病突发去世了，妻子在整理遗物时，发现了当年丈夫写给自己的四封信。第一封是丈夫刚刚关进牛棚里时写给自己的一个便条；第二封信写的是老干部在"文革"中受到审查与交代，以及这种受审的无奈和隐约的荒诞；在第三封信里，老干部主要讲述了与自己一同关押受审的其他三人的经历和情况，由此扩大了历史生活内容表现的视野；第四封写的是林彪事件后，老干部对未来的信念。这是"文革"结束后最初的一批讲述"昨天的故事"的作品，如卢新华的《伤痕》，个人自述式的伤痛的倾诉，构成了最初的公共记忆。

《四封信》之后，张贤亮在《宁夏文艺》上又接连发表小说《四十三次快车》和《霜重色愈浓》，而且都是在头条位置刊出。短篇小说《四十三次快车》，讲述的是一个有关四五天安门事件的故事。《霜重色愈浓》写一个"右派分子"历经劫难，于改正错划"右派"后带着理想主义的信念投入新的生活和工作。是年5月，张贤亮又创作出小说《吉普赛人》，写一个逃犯在西去的列车上和一个自称"吉普赛人"的四处漂泊的活泼任性的女孩的奇遇，写彼此间同是天涯沦落人的同情与爱恋，以及男主人公在被捕时刻女孩子挺身而出对"我"的保护。在这篇小说中，对身处政治逆境的主人公的经历的叙述已极大地被传奇化、小说化了，可以说，到这时张贤亮已经可以十分熟练地讲述"昨天的故事了"。10月，还是在南梁农场，张贤亮完成小说《邢老汉和狗的故事》，这篇小说写的是西北农村的一位农民邢老汉在20世纪五六十年代的极左运动年代里的经历，围绕邢老汉婚姻生活的波折和悲剧性的遭遇的叙述，写出了政治运动岁月里一个普通的底层农民人生的无奈、凄凉与不幸。次年9月，张贤亮创作了小说《灵与肉》，这篇小说同样发表在《宁夏文艺》上，小说《灵与肉》后荣获全国优秀短篇小说奖，并被导演谢晋改编为电影《牧马人》搬上了银幕，张贤亮由此也走入了全国读者的视野。回溯张贤亮的复出之路，小说《四封信》无疑有着标志性的意义，作品背后不仅沉淀着作家自身特定人生阶段借文而寻变的期盼，同时也显示了20世纪80年代右派作家述史的基本路向。

第二节 张贤亮小说中的同情叙事模式

20 世纪 80 年代以张贤亮、从维熙为代表的"右派"作家所创作的"右派"小说中存在着一种同情叙事模式，小说常常以一种恋爱模式，表现女主人公对划为"右派分子"的基于同情的爱恋，如张贤亮的《绿化树》、从维熙的"逃犯"系列小说、古华的《芙蓉镇》等，这种同情叙事模式在 20 世纪 80 年代的"右派"小说中存在较为普遍，在某种程度上体现了 20 世纪 80 年代"右派"文学的叙事策略与叙事特征。

作为有着被划"右派"并下放劳动改造经历的张贤亮，其所创作的"右派"文学无疑有着某种见证和记录历史的意味与价值。在 20 世纪 80 年代的文坛上，张贤亮的《绿化树》《男人的一半是女人》《灵与肉》《土牢情话》等小说不仅被看作表现当代知识分子政治劫难的力作，同时也被看作彼时冲破人性书写的禁区、大胆描写男女情爱的重要作品。不难看出，依托于一个爱情故事来讲述"右派"知识分子的人生苦难，是张贤亮"右派"小说中较为常见的叙事模式。在这些作品中，女性角色不仅对呈现男主人公的政治处境及命运遭际有着十分重要的作用，同时也因其形象本身所包含着的政治隐喻的成分而具有了一种特有的叙事功能。

张贤亮"右派"小说中的女主人公常常对身为"右派"的男主人公抱有极大的同情，如《绿化树》中的马缨花、《男人的一半是女人》中的黄香久、《土牢情话》中的乔安萍、《灵与肉》中的秀芝

57

等等，即使这种同情可能会有政治上的风险，但她们还是毅然地将女性的关爱、异性的温存带给了身处劫难困境中的男主人公。她们对于"右派"身份的男主人公的基于同情的爱恋，构成了小说中一种可称为同情叙事的模式，而这种同情叙事模式不仅常见于张贤亮所写的作品中，在20世纪80年代的其他作家的"右派"小说中也多有呈现，这也体现了彼时"右派"文学的叙事走向与特征。

《绿化树》是张贤亮的代表作，也是展现20世纪80年代"右派"文学同情叙事模式的典范之作。小说写的是从劳改农场释放出来，到乡村参加监管劳动的"右派分子"章永璘所遭遇的一场爱情，他与乡村女子马缨花在物资匮乏、精神压抑的岁月里的真情流露与有限的温存，成为作品叙述的重心。可以说，在张贤亮有关章永璘"右派"人生遭际的叙述中，马缨花这一角色无疑是至关重要的。她的出现，对章永璘而言，不仅是一段"艳遇"，更重要的是使得章永璘在"低头认罪"的岁月里，获得了来自劳动人民的肯定与认同。小说中，马缨花在与章永璘刚一接触时便心生好感和同情，而这好感来自得知章永璘是个读书人而且还会写诗，面对章永璘与海喜喜两个男人，马缨花最终选择章永璘，也直接体现了对"文化人"的肯定和赞赏。知识、文化、诗歌，这些正是当初章永璘"右派"帽子加身的"祸根"所在，而这一切，却在自己以"罪犯"的身份劳改时被马缨花所欣赏，这便使得马缨花对"右派分子"章永璘的爱，具有了某种政治意味。马缨花对"右派分子"章永璘的同情，不仅是情感上的，也不仅仅是对章永璘做人的尊严以及男人意识的唤醒，最大的意义在于这种同情包含了对章永璘"右派"身份的同情，而这同情无疑有着政治上肯定的意义。一个被视作反党反革命的"右派分子",在女性的温情中,首先感受到的是重新得到人民认可和接纳的欣慰,而这欣慰使他真正获得了生的勇气与力量。在《绿化树》中,章永璘从马缨花那里所获得的食物不仅使他虚弱的身体强壮起来,更重要的是他内心里那种被冤屈的政治身份得到了安慰与同情,而这种同情可以看作对男主人公政治上、品质上的一种支持和肯定,这便使得这里呈现的女性的关爱有了一种政治上的意义和内涵。马缨花的劳动者的身份,也喻示了"右派"主人公政治上的不公平的处境得到了来自劳动人民的"同情"。也正因此,在从马缨花这里得到这种"同情"与"认可"后,章永璘的内心里重新又获得了一种强大感,"右派"章永璘不再是一味低头向人民认罪的人,而是有了一种傲视他人的资本与权利,这一点于章永璘而言无疑是至关重要的,政治生命的意义远高于物质生活的意义,而这种自信的获得,正是源于马缨花的同情与关爱。

贯穿在《绿化树》中的另一条线索是章永璘与海喜喜之间的较量,这同样是充满着政治隐喻性的情节安排和角色设置。他们俩一个是改造中的"右派分子",一个是普通劳动者。在最初出场时,赶车的海喜喜对刚从劳改农场出来的"右派分子"章永璘无疑充满着极大的心理的优势,而小说在接下来的叙述中,正是讲述了这种"优势"的转换。作为接受监督劳动改造的"右派分子",章永璘本来应是向海喜喜这样的劳动人民进行"学习"和接受"教育",但当章永璘从马缨花那里得到体力的补充并最终获得"爱情"时,两个人的角色关系开始转换。海喜喜在体力上的对抗败给了章永璘、爱情上的角逐输给了章永璘,文化知识上更是先天不足,最初那政治身份上的优势也便在马缨花感情的天平面前变得无足轻重,海喜喜成为一个彻底的失败者。《绿化树》中，章永璘与海喜喜以及马缨花之间的关系，表面上看似乎是一个"三角恋"的关系，两个男人爱着同一个女人，但实质上，是不同政治身份造成的"强势"与"弱势"以及这种关系在一定条件下发生转换的关系。被马缨花的"同情"与"爱"而激活了的"右派分子"章永璘对自己政治身份的"自信"，最终使他面对海喜喜时成了彻底的胜利者。所以说，《绿化树》本质上不是一部爱情小说，而是一部具有丰富的隐喻性内涵的政治小说。马缨花作为一名普通的乡村妇女、一位普通的劳动者，她在章永璘政治上遭受批判、头顶着"反党反革命分子"帽子的时候，所给予他的关爱与同情，这本身就包含着一种政治上改正错划的意味。对章永璘这样的"右派分子"而言，来自"官方"的改正要到 1978 年以后才成为可能，但《绿化树》要呈现的意味是，在章永璘那里，这种改正错划"右派"，在他们被迫劳动改造的时候就已经发生了，而这滋味正是从一个女性所施与的同情与爱之中所获得的，而这也正是马缨花这一角色在作品中最为重要的意义所在。

对于 20 世纪 80 年代的"右派"文学而言，选择以爱情故事为依托的同情叙事模式展开叙述具有一定的普遍性。不仅是张贤亮，在其他"右派"作家所创作的"右派"文学中，也能看到这种"同情叙事模式"的存在。古华的小说《芙蓉镇》里，"右派分子"秦书田与摆豆腐摊的女子胡玉音之间的爱情故事，同样是这部小说最为感人的叙事成分。胡玉音对秦书田的"以身相许"，同样有着一种仪式感。女主人公的感情归依，具有了辨别忠奸、善恶、好坏、是非的意味，而秦书田的"右派"身份以及由此所遭遇的"不幸"也正是在这种极具仪式感的叙述中收获了同情。此外，在从维熙 20 世纪80年代所创作的"右派"小说中，这种"同情叙事模式"与张贤亮的小说更是有着"不约而同"的一致性。在从维熙的总名为"逃犯"的系列中篇小说《风泪眼》《阴阳界》《断肠草》中，作者以从劳改农场出逃的"右派分子"索泓一为主人公，讲述了三段他在逃亡路上的带有传奇色彩的经历，而这三段经历也可以说是索泓一的三个爱情故事。小说《风泪眼》与张贤亮的《绿化树》有着几分相似，被关劳改队的"右派分子"索泓一的遭遇和处境赢得劳改干部郑昆山的妻子李翠翠的同情，索泓一的正直、善良甚至使李翠翠爱上了这个"劳改犯"，最终在李翠翠的帮助和启发下，索泓一离开了劳改队，踏上了逃亡之路。小说《阴阳谷》里讲述的是索泓一在逃亡路上与藏身于深山中的黑五类家庭出身的女子蔡桂凤之间同是天涯沦落人的怜悯之情，以及由此而生的无望而难耐的真情付出。而在"逃犯"三部曲的第三部《断肠草》中，则是讲述了乡村女子石草儿对逃犯索泓一的大胆掩护和接济。张贤亮与从维熙都有着被划为"右派"以及长期在劳改农场劳动改造的经历，改正错划"右派"复出后所创作的"右派"文学不约而同地选择了同情叙事模式，这恐怕不仅仅是巧合，而是有其内在的必然性包含于其中。

同情叙事模式的普遍存在，在某种程度上体现了20世纪80年代"右派"文学叙事的策略性。对于刚刚改正错划"右派"的作家而言，如何来书写和讲述自己不公正的历史遭遇，需要进行谨慎的斟酌。20世纪80年代"右派"文学同情叙事模式的形成从某种层面上来说恰恰体现了当代"右派"文学在叙事资源上的局限性，当然，这种局限性有着深刻的现实原因。显而易见，"右派"作家将反右运动以及"右派分子"不幸人生经历的叙述引向爱情故事模式，无疑可使这种叙述获得政治上的安全性。而且在依托爱情故事的同情叙事中，曾经的那种不公平遭遇不仅具有了震动人心的情感力量，而且将一种政治上的控诉，转化为一种关于具有人道主义意味的苦难叙事，于悲情中闪现出人性的光芒和力量，从而回避了在政治话语层面上的"短兵相接"。

正因如此，在20世纪80年代的"右派"小说中，作家更多地借助女性的认同来使笔下的"右派分子"获得道义上的同情，而在这种充满同情的叙述中，将身为"右派分子"的"我"由一个"罪人"还原为一个"好人"。所以，在这类同情叙事的"右派"小说中，特别注重通过女主人公来对"右派"身份的男主人公进行重新指认，"你是好人"常常是这种指认的终极指向。《灵与肉》中，张贤亮这样描述了安心与"右派分子"许灵均过日子的四川姑娘李秀芝的心态："什么'右派'不'右派'，这个概念根本没有进入她小小的脑袋。她只知道他是个好人，老实人，这就够了。"① 在《绿化树》中，马缨花对章的爱，则直接与对读书人的尊重，对知识的敬重联系起来，"她从没有问过我看的是本什么书，为什么要念书，也没有跟我说那天晚上从我手臂中挣脱出来时，劝我'好好地念你的书吧'的道理。她似乎只觉得念书是好事，是男人应该做的事，是一种高尚的行为"②。在小说《土牢情话》里，看管犯人的女战士乔安萍爱上了被关押的"右派分子"石在，并且毫不怀疑地信赖他，有求必应地帮助他，而让乔安萍做出这样的选择的前提是，她认定"右派分子"石在是一个"好人"，"现在我看清了，谁是好人，谁

① 张贤亮.张贤亮精选集［M］.北京：北京燕山出版社，2009：260.
② 张贤亮.张贤亮精选集［M］.北京：北京燕山出版社，2009：76.

是坏人"①。而小说中所述的管理干部武装连的连长刘俊和王富海班长对单纯善良的乔安萍的欺诈与污辱，则无疑是对"谁是坏人"所做出的应答。在这里，谁是"好人"，谁是"坏人"不仅包含着道德评判的成分，它同时也是一种历史判断，"右派"小说正是借助于这样的一种方式完成了对历史荒谬性的叙述与反思。"好"与"坏"，"忠"与"奸"是同情叙事模式的"右派"小说中女主人公对"身边人"做出的最质朴的判断，而这其中包含着 20 世纪 80 年代"右派"作家历史叙事的语义指向，即通过这种二元化的是非判断，完成了"文革"后的新时期文学，对"拨乱反正"这一宏大的时代使命与主题的呼应与书写。显然，同情叙事模式的"右派"小说中的女性角色有着丰富的象征性的内涵。对"右派"作家而言，20 世纪80 年代是一个倾诉和疗伤的过程，蒙受二十多年政治上的冤屈终获"改正"，有一种重回人民"怀抱"的感慨与感动，所以，小说中的女主人公的善良、宽容和温情，某种程度上是改正错划"右派"作家对国家、人民、历史的心存感恩的心理情绪的外化，正如作品中女主人公所给予"右派"男主人公的同情与关爱一样，"右派"作家也最终在政治上获得新生中收获同样的感触，所以，同情叙事本身包含着感恩的成分，不论这种感恩指向的是国家还是人民，但都隐在地包含和折射出刚刚回归文坛的"右派"作家们彼时的政治心态。

　　同情叙事模式对 20 世纪 80 年代的"右派"文学而言，既是彼时人道主义思潮兴起的结果，也有着叙事上政治安全性的策略性选

---

① 张贤亮. 灵与肉 ［M］. 上海：上海人民出版社，2012：59.

择，这同时也从一个层面折射了 20 世纪 80 年代"右派"文学写作向度的有限性。在这种同情叙事模式中既包含着对美好人性、人情的肯定与呼唤，也有着对人性之恶的痛斥与批判，而这种将历史反思导向人性善恶辨析的书写方式，契合着 20 世纪 80 年代的文学主题，同时也构成了彼时对极左时代进行政治反思的主流书写方式。值得注意的是，进入 20 世纪 90 年代，右派文学开始走出爱情故事的叙事模式，如从维熙的《走向混沌三部曲》、张贤亮的《我的菩提树》、邵燕祥的《沉船》、流沙河的《锯齿啮痕录》等。这些作品多以纪实的方式，通过亲历者的个体追忆来记录和还原历史，在这些文本的叙述中，爱情退场，传奇消失，从而显示出了与 20 世纪 80 年代"右派文学"不同的叙事指向。

第三节　张贤亮小说情爱叙事背后的沧桑记忆

1987 年 10 月，张贤亮应邀参加聂华苓夫妇主持的美国爱荷华大学国际写作中心成立二十周年的纪念活动，在活动的演讲中张贤亮深有感触地讲道："评论家说，我给文学画廊中增添了一系列光辉的妇女形象，说我刻画妇女和表现爱情有独到的艺术手法。我听了这些暗自发笑。因为我在四十三岁以前根本无法谈恋爱。可以想象，劳改营里是没有女人可作为恋爱对象的。直到三十九岁，我还纯洁得和天使一样。""虽然我身边没有女人，但我可以幻想。正因为没有具体的女人更能够自由地幻想。在黎明鸡啼的时候，在结了霜的土炕上，在冷得和铁片似的被窝里，我可以任意地想象我身边有任何一种女人。她被我抚摸并抚摸我。1979 年，我又有了创作和发表作品的权利，于是我就把以前的幻想写了出来。"① 此言非虚，1957年被打成"右派"时，张贤亮仅 21 岁，不仅没有结婚，连真正意义上的恋爱也没有经历过。到 1979 年改正错划"右派"后，张贤亮已43 岁，在这二十多年的"右派"生涯里，张贤亮辗转于不同的劳改农场，"右派"加身，阻隔了他体味正常世俗生活的可能，而在这期间，几次极其有限的异性接触经历便成为他珍藏于内心无法挥去的记忆，以至于在后来的叙述中被无限地放大，甚至占据了追忆历史的中心。

在散文《美丽》中张贤亮极为翔实地叙述了"文革"中以"右派分子""反革命修正主义分子"的身份在南梁农场时的一段经历。在一次被押解到银川参加公审大会的途中，一个站在自己身旁的看押犯人的女战士，因裤扣没系好而无意裸露出的一段肌肤，成为那场经历中给自己留下的最为深刻的记忆。身为罪犯的所遭受的"屈辱"、公审大会上批斗场的疯狂、枪决反革命分子的骇人场景，全都在这一截无意裸露出的皮肤面前变得稀薄而遥远，在张贤亮的这段对"文革"往事的追忆中，对异性的肉体记忆取代了对"文革"恐怖经历的记忆，异性的身影呈现在历史记忆的前台，而且成为黑暗的历史岁月中一道亮丽的色彩，虽然一闪而过，但却是那样的"诱人"，从而给人以生的渴望与留恋。也许正因如此，张贤亮才会在后来的小说中那样极尽笔墨地去描绘那些女性的身体。《土牢情话》中，被关押的"右派分子"石在透过土牢的窗口"欣赏"着乔安萍

---

① 张贤亮. 我的倾诉 [M]. 上海：上海人民出版社，2013：128.

的舞姿，"当她挺胸一跃的时候，粗陋肥大的绿布军服都没有掩盖住她婀娜的线条；她身体的突出部位都像风帆一样饱满地显现出来"①。可以说，《美丽》中所提及的那段记忆，最终弥漫开来，幻化成了《土牢情话》中乔安萍这一女性形象，也幻化出了作品中的一段"刻骨铭心"的情感纠葛。

在 1999 年写下的长文《青春期》里，张贤亮着重记录了自己身为"右派"改造期间的两场"艳遇"，这两次经历都发生在"文革"期间。其中一次是讲张贤亮从群专队里出来以被管制的"右派分子"的身份被分配到农场劳动，其间获得批准从农场回北京探望母亲，但母子刚刚见面不久便被驱赶回农场，在离京返程的火车上，终日滴水未进的张贤亮饥渴难熬，而周遭都是面对这个"反革命分子"充满敌意的目光。夜幕降临时，一位坐在对面的少妇在昏暗的灯光下悄悄地把一个面包从桌下递给了饥肠辘辘的"我"。我们有理由相信，这段经历正是后来《绿化树》中章永璘从马缨花那里所感受到的异性之爱的所有灵感和体验的来源。也正因此，张贤亮会在小说中对马缨花送给章永璘的那个热气腾腾的馒头上所留下的手指印这一细节做精心的描绘，由此也让我们明白了，那样一个手指印会在章永璘的内心激起如此之大的波澜，上述张贤亮对自己"右派"人生期间遭遇的叙述，也许正为作品中这一细节描写的来源做出了明确的注解。

在《一切从人的解放开始——谨以此文纪念改革开放三十年》一文中，张贤亮记录了在"文革"刚刚结束时自己的另外两段"女

---

① 张贤亮. 灵与肉 [M]. 上海：上海人民出版社，2012：63.

人缘"。一次是 1976 年 11 月，张贤亮在宁夏的农场灌溉农田时，救起了一位桥上骑车落水的女孩子。张贤亮时年 40 岁整，一个"摘帽右派"，对方贫农出身，是村干部家的千金小姐，刚刚年满 18 岁。却因这次碰面，女孩子执意要嫁给张贤亮，最终还是因政治成分所碍，被家庭所阻。虽然只是一晃而过，但毕竟也留在了记忆深处，而这点记忆，在后来张贤亮的小说《灵与肉》被改编为电影时也留下了印痕。张贤亮回忆道："后来，在谢晋要把我的小说《灵与肉》搬上银幕，拍摄《牧马人》之前，谢晋拿来一摞中央戏剧学院女学生的照片，让我挑选哪个像我小说中的女主人公。我一张张地翻到丛珊，仿佛看到她一点影子。'就是她了！'我说。"① 还是在"文革"刚刚结束的 1977 年里，张贤亮过上了真正的"婚姻生活"。这一年，41 岁的张贤亮与在同一生产队同被管制的"坏分子"同居了，"我戴有多重'帽子'，女方也戴有'帽子'，我们都属于'另类'，两人只要你情我愿，又不举办婚礼，也没资格举办婚礼，搬到一间土坯房住在一起，生产队长点了头就算批准，连法律手续也不需办"②。不过这次同居的生活持续了不到一年，女方在 1978 年的大甄别中率先"摘帽"，而自己头上还戴着多重帽子，女方很快被孪生兄弟接回了兰州老家，这段经历也便告一段落。而这一切，我们相信在张贤亮的《绿化树》和《男人的一半是女人》中也有着深刻的折射。

有关女性、肉体、情爱的描写，在张贤亮的"右派"小说中占有着相当的比重。有人说，张贤亮的小说对女性的描写带着一种强

---

① 张贤亮. 文人的另一种活法［M］. 长春：时代文艺出版社，2013：271.
② 张贤亮. 文人的另一种活法［M］. 长春：时代文艺出版社，2013：271.

烈的男性中心主义色彩，也有人说张贤亮小说的这种情节结构是中国古典小说和戏剧中常见的"才子佳人"结构模式的翻版。不得不说，这些评价多多少少包含着误读的成分。对张贤亮而言，那些短暂、偶然的异性的接触，在自己压抑而灰色的"右派"人生岁月中，是那样的弥足珍贵、刻骨铭心。正因如此，张贤亮小说中对女性的描写体现出的是一种珍惜、欣赏与敬重，是一种对曾真正地拯救自己于卑微无望之际的美与善的女性的崇敬之心。所以我们可以看到，在他的小说中，他对异性及其身体的描写是本色而本性的，写出的是一种纯粹的对异性肉体的渴念和欲望，没有炫耀，没有邪念，其中没有郁达夫笔下的那种面对女性肉体而产生的扭曲的欲望和挣扎，也不是贾平凹《废都》中所呈现的那种面对女性肉体的宣泄和放纵。在张贤亮这里，对女性身体的描写，表现出的是对异性的最为真实也最为正常的渴望，以及对这种渴望的真诚而不加掩饰的袒露。而且，细究之下，在张贤亮的作品中，他在有关男女情爱的描写的尺度上其实是十分节制与理性的，用发乎情、止乎礼来概括并不为过。在"情爱"描写方法上，张贤亮小说常常表现为一种克制的"讲述"，而不是放开来的"渲染"。而从面对"情色"时人物的心理活动来看，他更多书写出的是人在极端压抑的状态下，对异性的"压抑"着的渴望与珍视。《绿化树》中仅仅写到了一个印在馒头上的手指纹，一次"冲动"下的拥抱；《土牢情话》中也只是一个透过土牢的小窗口所看到的一个女性舞蹈的身姿；尺度最大的《男人的一半是女人》中，呈现在章永璘面前的黄香久的裸露的身体，但也只是远远的一瞥。张贤亮的小说因"情色"而"闻名"，但这"闻名"并非缘于描写文字的出格与露骨，而在于作家于情爱描写上的真诚与纯粹。张贤亮细笔描绘异性的肉体，笔触指向既不是欣赏，也不是宣泄，而是表达一种对异性最为真诚的渴念，这种渴念既是情感荒芜年代里纯朴人性的坦诚表露，也是一个历经劫难的"右派"作家在回首往昔岁月时最纯粹的人性书写、最神圣的情感祭奠以及最深切的人生体悟。

第五章 诗人艾青的复出：从《我爱她的歌声》《红旗》到《光的赞歌》

第一节 诗作《我爱她的歌声》的诞生

1975 年 5 月，艾青经新疆生产建设兵团批准，到北京治疗眼疾，至此艾青离开了待了近十六年的新疆，也由此开启了自己的"复出"之旅。诗歌《我爱她的歌声》创作于 1977 年 5 月 1 日，发表于 1979 年 5 月 6 日香港的《文汇报》。从发表的时间上来看，《我爱她的歌声》不是艾青的复出作，但这首诗却是艾青于"文革"后创作的第一首诗。所以，谈艾青的复出，我还是想从这首诗谈起。全诗如下：

> 这歌声很熟识
> 却已经好多年没有听见
> 好像是在梦里

好像离得很远

好像早晨的港湾

汽笛响在天边

她的嗓子

是用金属薄片制成的

从心房里发出的声音

准确、悦耳、使人振奋

嘹亮的歌声

露珠一样圆润

百灵鸟在啼啭

清清的泉水流在山涧

好像蜂蜜一样甜

好像美酒一样醉人

好像土地一样纯朴

好像麦苗一样清新

这歌声来自民间

有刚犁开的泥土的气息

好像烈火一样炽热

唱出了苦难和抗争

悲哀如此深沉

音符里浸透了泪水

从抑扬的节拍里

发出了捶胸顿足

扶棺痛哭的声音

自从打倒了"四人帮"

解放了被禁锢的歌声

她唱出了由衷的高兴

锣鼓和唢呐伴奏着

把欢欣撒满蓝天

唱出了八亿人民的心……

　　诗歌中的"她"指的正是郭兰英。1976 年 12 月 22 日在北京工人体育馆举行的庆祝粉碎"四人帮"的文艺晚会上歌唱家郭兰英登台演唱了民歌《绣金匾》，艾青听到后十分激动，于 1977 年 5 月 1 日创作了诗歌《我爱她的歌声》，这是多年搁笔之后艾青写下的第一首诗。艾青在此时写下这样一首赞美郭兰英歌声的诗歌有着丰富的含义：一方面是借对郭兰英歌声的赞美，来表达粉碎"四人帮"后的那种喜悦的心情，因为这预示着曾经禁锢的歌声被解放了，预示着春回大地；另一方面也因不论是郭兰英本人，还是郭兰英所唱的这首歌，都是艾青非常熟悉的，这里面有着关于革命岁月里的一段经历的珍贵记忆。

　　艾青与郭兰英相识于解放战争时期。1945 年 8 月华北文艺工作团在延安组建成立，艾青担任了团长。1945 年 11 月华北文艺工作团来到张家口后于次月被并入华北联合大学，艾青接任了华北联大文艺学院院长的职务，而此时，郭兰英正在张家口的一家戏曲团唱戏，随着华北文艺工作团的到来，郭兰英于 1946 年加入了革命队伍的行列，成为当时华北联合大学文艺工作团的一名文艺战士，也便与艾青成了同事。艾青于此时写诗赞叹郭兰英的歌声，除了上述诗人自己与郭兰英的这层历史交往及经历之外，其中还有一层含义，这便与王震有关。1941 年，时任八路军一二九师三五九旅旅长的王震响应党中央号召，率部进驻南泥湾，掀起了抗日根据地的"大生产运动"。而由贺敬之作词、马可作曲的《南泥湾》（又名《花篮的花儿香》）颂扬的正是南泥湾屯田的成就，这首歌后来正是由郭兰英所唱响，传遍大江南北。而艾青在 1943 年的时候就随团到访过南泥湾，在那时便与王震认识，并一见如故。我们知道，新疆生产建设兵团的建立，以及北大荒一系列军垦农场的建立都与王震直接相关，王震曾担任过中共中央新疆分局书记、新疆军区第一副司令员兼政以及农垦部部长等职，而艾青在 20 世纪 50 至 70 年代的人生轨迹正与王震所工作过的地方有直接的联系。所以，当艾青在 1976 年底听到郭兰英的歌声时，这唤起的不仅是当年华北文工团一起工作的记忆，另外也由郭兰英的《南泥湾》而想起王震以及自己在运动开始后的人生轨迹。此外，在"文革"时期，郭兰英一度也离开了舞台，与中国歌剧舞剧院的同事一起到河北蔚县的乡村进行劳动改造，至 1972 年才回到北京。所以 1976 年 12 月 22 日晚，郭兰英在北京工人体育馆举行庆祝粉碎"四人帮"的文艺晚会登台演唱，也有着被解禁的意味，这与艾青当时的处境十分相似。同时，郭兰英在这次晚会上演唱的歌曲《绣金匾》也与艾青有着特殊的联系，这首民歌原名《十绣金匾》，最初是 20 世纪 40 年代延安地区的农民歌手汪庭有所唱，艾青曾在 1944 年 11 月 8 日的《解放日报》上刊登《汪庭有和他的歌》一文，专门介绍了这位农民歌手以及他的优秀作品《十绣金匾》。因此，艾青以一首《我爱她的歌声》拉开了自己"文革"后诗歌创作的序幕，其中可谓百感交集、意味深长。

第二节 "复出作"：《红旗》

1978 年 4 月 30 日，《文汇报》发表了艾青的诗歌《红旗》，这是艾青复出后公开发表的第一篇作品。诗歌较长，在此节选其中的部分诗节：

> 火是红的，
>
> 血是红的，
>
> 山丹丹是红的，
>
> 初升的太阳是红的；
>
> 最美的是
>
> 在前进中迎风飘扬的红旗！
>
> 红旗

从饥寒交迫中诞生，

从千年的牢笼里诞生，

它为真理而斗争，

金色的镰刀，

金色的锤子，

宣告劳动的光荣，

工农团结的胜利。

……

红旗是火，

是被压迫者反抗的火，

是被剥削者愤怒的火，

是普天下受苦人的火，

是争自由、求解放的火，

它是理想的象征，

它是信仰的标志，

它是战斗的号召，

它是不屈的鼓舞，

和它在一起就永远胜利；

……

啊，

为真理而斗争的旗，

为奴隶求解放的旗，

光荣的旗，

胜利的旗，

迎风招展的

威武的旗，

庄严的旗；

千万面红旗，

像红色的浪花

永远在我们前面，

引导着我们，

带着胜利的欢呼

奔向共产主义……

这是一首十分典型的政治抒情诗，抒发的是一种"大我"的情怀。诗歌以对红旗的礼赞，表达了对中国共产党领导下的中国革命的歌颂，表达的是对红旗所凝聚着的中国精神的歌颂，诗歌在开阔的历史视野中，去歌颂党的丰功伟绩，由红旗而表达对中国人民的不屈斗争精神的歌颂。红旗在这里既是艰苦卓绝的中国革命斗争历史的象征，同时也是中国共产党坚定的革命信念与革命意志的体现。与艾青早期诗作中那种独特的忧郁的气质相比，这首诗诗意透明，诗风刚健明朗。但另一方面，也可以说是对早年抗战岁月里所写下的那些忧郁而凝重的诗歌的回应。在 1938 年所写下的名篇《我爱这土地》里，诗人咏叹的是"这被暴风雨所打击着的土地，这永远汹涌着我们的悲愤的河流，这无止息地吹刮着的激怒的风"，而写作诗作《红旗》时，昔日这"被暴风雨所打击着的土地"已插满"迎风飘扬的红旗"，由此诗人才会发出那样豪情满怀的声音，它是革命胜利的宣告，也是拨云见日后的欢呼。

《红旗》一诗发表的意义远超过了诗歌本身的意义，因为它标志着诗人艾青的归来。那些一直关心艾青命运、渴望诗人回归的友人与读者，正是通过这首诗歌在事隔多年后又一次获悉了艾青的情况。诗歌发表后，一位远在云南的读者给艾青来信说："我打听您十多年不知道您的下落……"；上海一位读者写道："我无比兴奋地从《文汇报》上读到了您的新作！我深信今后一定能读到您更多更好的诗作……"；一位与艾青有过交往的诗人在给艾青的信中写道："先生！我们自桂林一别已二十多年了。我热切希望能与老师相聚"；另一位读者更用诗一样的语言来信说："我们找你找了二十年，我们等你等了二十年。现在，我们终于找到了你！你终于回来了！……'艾青'，对于我们不再是一个人，一个名字，而是一种象征，一束绿色的火焰！——他燃起一个已经逝去的春天，又预示着一个必将到来的春天……"①

艾青自己也十分看重自己的这次亮相，诗歌发表后，他给多位友人在信中谈及了自己发表此作的激动的心情。诗作发表后不久，艾青就在同年五月份给友人乃贤的信中写道："多么希望你能来北

① 周红兴. 艾青传 [M]. 北京：作家出版社，1993：464.

京，一同到香山、八达岭去玩，拍一些照片……我前天给一个老朋友的信上曾说：'我在用自己的嘴梳理受了伤的羽毛；也像在地震后的瓦砾堆上拣起碎砖垒起一个窝棚……'云云，勉强可以概括目前恢复写作的心情。所幸，当前形势大好，真是捷报频传，个人的心情也随之一天比一天舒畅。我相信，随着时日的推移，我会继续创作的。《红旗》是我和群众的见面礼。"① 同年六月二十一日，艾青又在给新结识的朋友画家徐勇良的信中写道："我于四月三十日的《文汇报》上发表了一首诗，不知你看到了没有？从那以后，曾收到一些读者来信，也有四五个省文艺刊物来索稿了。去年从你最先传来的我的诗集要出版的消息，直到三天前才落实；人民文学出版社来人要我重选一本……"②

第三节　喷涌而出的诗歌：从《鱼化石》
到《光的赞歌》

　　继诗歌《红旗》之后，艾青紧接着在 1978 年 8 月 27 日的《文汇报》发表了总题为《诗二首》的《鱼化石》和《电》。其中《鱼化石》一诗可以说是艾青于复出之后真正写给自己的诗，如果说《红旗》抒发的是"大我"之情，那么《鱼化石》则是"小我"的写照，艾青在这首诗里真正地将视角转向了诗人自我，通过对极具象征意蕴的鱼化石的咏叹，表达的是诗人自我历经磨难之后对生命

① 周红兴. 艾青的跋涉 [M]. 北京：文化艺术出版社，1988：483-484.
② 周红兴. 艾青的跋涉 [M]. 北京：文化艺术出版社，1988：465-466.

的价值与意义的沉思。

　　动作多么活泼
　　精力多么旺盛，
　　在浪花里跳跃，
　　在大海里浮沉；

　　不幸遇到火山爆发，
　　也可能是地震，
　　你失去了自由，
　　被埋进了灰尘；

　　过了多少亿年，
　　地质勘探队员，
　　在岩层里发现你，
　　依然栩栩如生。

　　但你是沉默的，
　　连叹息也没有，
　　鳞和鳍都完整，
　　却不能动弹；

　　你绝对的静止，
　　对外界毫无反应，

> 看不见天和水,
>
> 听不见浪花的声音。
>
>
> 凝视着一片化石,
>
> 傻瓜也得到教训:
>
> 离开了运动,
>
> 就没有生命。
>
>
> 活着就要斗争,
>
> 在斗争中前进,
>
> 即使死亡,
>
> 能量也要发挥干净。

在诗中,诗人一方面感慨"鱼化石"那曾经拥有的旺盛的生命的活力:"动作多么活泼,精力多么旺盛,在浪花里跳跃,在大海里浮沉",但却突遭不测:"不幸遇到火山爆发,也可能是地震,你失去了自由,被埋进了灰尘",多年之后,再被人们发现时,它虽然看上去"依然栩栩如生",但却是处于一种绝对静止的状态,"看不见天和水,听不见浪花的声音",诗人由此感悟到生活的意义就在于:"活着就要斗争,在斗争中前进,即使死亡,能量也要发挥干净。"这首诗歌可以看作沉寂多年后再次复出的艾青所发出的生命的宣言,把一种全力以赴释放生命的全部光彩的渴望表达了出来,诗歌有感慨曾经沧桑的凝重的一面,但更有一种珍惜时光,不给生命留下遗憾的深刻感悟。1979 年 8 月艾青复出后出版的第一本诗集《艾青抒情诗选一百首》由香港时代图书有限公司出版, 在该诗集的前言中艾青写道: "越过了多次仅免于死亡的灾难, 我总算在人间混了七十个年头; 而从开始创作生涯到今天, 也已度过了四十八个年头。在我的四十八个年头的写作生涯中, 竟有整整二十个年头被剥夺了发表的时间——直到一九七八年五月才开始重新发表作品。""同行的朋友开玩笑说我是'出土文物', 我也高兴自己成了这个动荡的时代的幸存者。然而, 我倒宁愿把自己看作一个从垃圾堆里捡起来的、被压得变形了的铅制的茶缸, 最多也只能用来舀水浇花而已。""使我难过的是, 我还必须把那些被红朱笔勾销了的岁月, 像捡云母片似的一片一片捡回来。"也许正是带着这样强烈的要把那曾经被"埋没"的时光、那"勾销"了的岁月追回来的意识, 艾青开足马力投入了诗歌创作, 正是在这样的状态下, 艾青于1978年至1979年迎来了自己晚年创作的一个高峰, 而这也正是艾青刚刚复出诗坛的时期。

接着, 1979年第1期的《人民文学》上发表了艾青的诗作《光的赞歌》, 它的出现也宣告了诗人艾青的全面回归。这是一首近三百行的抒情长诗。在这首诗中, 艾青在更为开阔的视野中去反思历史。从漫长的人类文明发展史中去沉思, 去寻找真知。他越出了在《鱼化石》诗歌中的那种聚焦于个体命运的思考, 也越出中国当代史的视野, 而是在一种更为开阔的视野中, 去探讨和思索人类的命运。诗歌一起笔, 诗人便直言道, "世界要是没有光, 等于人没有眼睛""世界要是没有光, 也就没有杨花飞絮的春天, 也就没有百花争妍的夏天, 也就没有金果满园的秋天, 也就没有大雪纷飞的冬天"。而正是光给了人们智慧、想象和热情, 正是因为有了光, "我们的大千世界，才显得绚丽多彩，人间也显得可爱"。诗人礼赞的光，是文明，是智慧，是理性，是生生不息的生命，这些是推进人类文明向前的最为重要的动力，与此同时诗人也指出，人类有多少对光的追求的热忱也就需要有多少与黑暗斗争的勇气。因为历史的教训让诗人意识到，"光中也有暗""暗中也有光""不少丑恶与无耻，隐藏在光的下面"，也正是带着对光的执着，诗人表达了自己一生要坚定地追求光的信念，"即使我们死后尸骨都腐烂了，也要变成磷火在荒野中燃烧"。诗歌不仅有着充沛的情感，而且饱含着智慧的思想，这不仅是历经磨难之后对历史沉思的启悟，更有着穿过黑暗之后坚守光明的勇敢与热忱。正如诗人吕剑所说："我认为《光的赞歌》是艾青的一篇力作，是他的又一座里程碑。他在更大的幅度之内穷究'光'的问题，实际上它是艾青的'诗体哲学'，他的宇宙观，真理观，甚至是他的美学观的一篇诗的表述。"①

1979 年 5 月中旬，艾青参加"中国人民友好访问团"出访了联邦德国、奥地利、意大利三国，在游历意大利时，他曾入住罗马大旅馆，古老的城市，更易引发艾青的沉思，6 月份结束访问回到国内，7 月份艾青就完成了长诗《古罗马的大斗技场》。"文革"中困居新疆的地窝子时，艾青曾细读过《罗马史》，"饥渴之余，艾青忽然对手头一本《罗马史》大感兴趣起来"②。正是在这一阅读的过程中，艾青对古罗马时期血腥的角斗表演有了深切的认识，而这一切也使他对动乱年代里的暴力行为有了更深刻的认识。所以，这一次意大利之行，触动的不仅是艾青自己的历史记忆，也是长久以来关

---

① 吕剑. 归来之歌 [M]. 成都：四川人民出版社，1980：232.
② 程光炜. 艾青传 [M]. 北京：北京十月文艺出版社，1999：467.

于人类野蛮行径的深沉思考，正如艾青后来在谈及这首诗的写作动机时所说："我在新疆农场时，曾读了一点历史，对古罗马多少有一点了解。在《古罗马的大斗技场》里有一段写蒙面斗士的，影射'文化大革命'中互相冲杀着的人被蒙上眼睛，胜利是盲目的，失败也是盲目的。"① 在诗中，艾青也是描述了当年古罗马大斗技场里那曾经有过的野蛮而血腥的角斗场景，一面是被选为当角斗士的奴隶，"像畜棚里的牲口一样""面临着任人宰割的结局""都要用无辜的手，去杀死无辜的人；明知自己必然要死，却把希望寄托在刀尖上"，而在那高高的看台上，"王家贵族一个个悠闲自得""那些宫妃打扮得花枝招展""他们赞赏血腥的气味""从流血的游戏中得到快感"，也正是在这强烈的反差中，让诗人发出了"为了改变自己的命运，就要捣毁万恶的斗技场；把那些拿别人生命作赌注的人，钉死在耻辱柱上"的呐喊，而更为深刻的是，诗人在这里发出的不仅是面对历史的幽思，更有着直面现实的反思与追问：

　　　　如今，古罗马的大斗技场

　　　　已成了历史的遗物，像战后的废墟

　　　　沉浸在落日的余晖里，像碉堡

　　　　不得不引起我疑问和沉思：

　　　　它究竟是光荣的纪念，

　　　　还是耻辱的标志？

　　　　它是夸耀古罗马的豪华，

　　　　还是记录野蛮的统治？

---

① 周红兴. 艾青的跋涉［M］. 北京：文化艺术出版社，1988：523.

　　　　它是为了博得廉价的同情，

　　　　还是谋求遥远的叹息？

　　诗人在此表达的是对一段野蛮的人类历史的追问与沉思，但他的思索并没有就此停止，在诗的最后，诗人还进一步表达了这样的质疑："说起来多少有些荒唐——在当今的世界上，依然有人保留了奴隶主的思想，他们把全人类都看作奴役的对象，整个地球是一个最大的斗技场。"这样的反省与质疑，充分显示了归来后的艾青人文精神的高扬。

　　1977 至 1979 年可谓艾青一生诗歌创作上的复出期，从《我爱她的歌声》《红旗》到《光的赞歌》《古罗马的大斗技场》，可以让人清晰地捕捉到艾青复出过程中的思想轨迹、精神轨迹与艺术轨迹。艾青的复出是从写作《我爱她的歌声》开始的，诗歌看似表达的是对郭兰英歌声的赞美，实则指向的均是诗人自己。这里面既包含遭受多年困顿后终于解禁的喜悦，也暗含对抗战岁月里所凝成的友谊的珍视，同时也有对自己从北大荒到新疆的沧桑人生的感慨，对于艾青来说，以这样一首诗歌的写作来拉开自己回归诗坛的帷幕，可谓尽写自己彼时的心声。而诗歌《红旗》作为艾青复出后的第一首公开亮相之作，明快的节奏、昂扬的激情，抒发出的是充满时代感的"大我"情怀，诗中的核心意象"红旗"可以说与诗人在 20 世纪 40 年代民族解放战争时期所创作的诗歌中颂扬的"火把""太阳"等意象有着一脉相承的关联性，所以，《红旗》的创作也使得复出的艾青在精神探寻上与作为"民族诗人"的艾青接上了轨。诗作《鱼化石》里，艾青借对鱼化石的象征内蕴的开掘与沉思，于复出后的诗歌中第一次直面自己沧桑的历史，在对"小我"命运感叹的同时，也表达着对自我生命价值的探寻。而到了长诗《光的赞歌》和《古罗马的大斗技场》中，艾青将这种追问与反思置于更为广阔的视野中来思考，由对昨日的反思，上升到对人类历史、人类文明进程的深沉而充满睿智的思考，同时又在这种广阔而深邃的追问中，来反思"昨日"遭际的意味，这也使得复出的艾青在很短的时间之内，便将自己的诗歌推向了一个较高的思想层面，也使得诗人艾青在那个文学复归的时代里又一次打造了自己创作的高峰。

第六章　从维熙的复出：从《女瓦斯员》
到"悲情三部曲"

第一节　从维熙"复出作"：《女瓦斯员》

1976 年 10 月，从维熙从晋南的伍姓湖农场来到了山西临汾地区文联工作，又回到了文坛，也又一次开始了自己的文学创作。从维熙复出后发表的第一个作品是一首两百多行的长诗《一月的哀思》，发表于山西省文学刊物《汾水》1977 年第 1 期，但由于从维熙当时刚到临汾文联，所以这首长诗是以临汾地区文联集体创作的名义发表的。而 1978 年 8 月号的《上海文学》上发表的短篇小说《女瓦斯员》，才可以看作标志着从维熙复出文坛的作品。

1978 年年初，在山西临汾文联的委派下，从维熙和同事谢俊杰一起去山西大同煤矿采访一支"娘子军采煤队"，这便有了小说《女瓦斯员》的诞生，这篇小说后发表在 1978 年 8 月号的《上海文学》上，正是从维熙的"复出作"。小说是以一个到榴花岭超级瓦斯煤矿进行采访的记者的视角展开叙述的，重点呈现煤矿上的女瓦斯员杜梅实事求是、科学管理的工作作风，为了正面凸显杜梅这一形象，作品中将井下队长高大虎的教条思想与之进行对比，由此揭示了"四人帮""左"的冒进思想在工业战线上的流毒，将一种提倡科学理性、实干精神的思想表达出来。可以说作品的主题具有强烈的时代感，紧扣当时揭批"四人帮"的政治形势。平心而论，《女瓦斯员》在从维熙众多的小说作品中远远算不上佳作，不仅与他后来创作出的《大墙下的红玉兰》《远去的白帆》等作品在思想内蕴及艺术成熟度上无法相提并论，而且与他 20 世纪 50 年代所创作的作品相比也相去甚远。小说观念化写作的色彩非常强烈，情节的组织、人物形象的塑造、冲突的设置及化解、主题的凝练，都在对当时中心政治工作的图解下亦步亦趋地展开，作家个人对生活的独到感悟完全隐失，小说思想艺术上的缺憾是显而易见的。也许正因如此，这篇小说在从维熙后来出版的诸多选集中很少见到。其实这种现象不仅出现在从维熙这里，诸多作家的复出作都有这种情况。究其原因，就在于复出作创作于一种特殊的历史时间段，而作家在此时也大多处于一种十分微妙的状态中。在时局将明未明之际，在自己政治上还没有完全获得改正错划"右派"之时，复出作大多有着投石问路的含义在其中，作家个人性的东西被隐藏了起来，政治上的安全成为写作的第一要素。但也正因如此，复出作不论是在文学史上，还是在作家个人的创作史上，才有了其无法忽视的解读的意义。其看似平淡无奇的写作的背后，实质是作家与时代发生转变之时诸多微妙元素的汇聚。从维熙的复出作《女瓦斯员》便是这样的一篇作品。

《女瓦斯员》写煤矿生活，写煤矿上的瓦斯检测员，这种取材与作者从维熙个人的经历也有着密切的关系。在接受劳动改造的二十年里，从维熙曾在晋东南的一个叫晋普山煤矿的劳改矿山干了三年，其中一段时间在矿上干的就是瓦斯检测的工作。"我在矿山的劳改生活，大致可以分为三个阶段：一、建井；二、采煤；三、身上背起一个德国进口的瓦斯检查器，在整个的地下煤城监测杀人的瓦斯。"① 所谓建井就是从地面开山剖腹，一直深入地下煤层，直到在地层之下建成四通八达的一条条采煤的巷道。当年晋普山刚勘探出煤田后，山西省劳改局从本省各个劳改系统抽调一千名劳改犯来到这里开山建井，再加上原有的监狱服刑的犯人，总共有几千劳动力，从维熙便是其中的一员。1972 年，因煤矿发生两起瓦斯爆炸事故，为防患于未然，便加强了瓦斯检查的力量，从维熙就是那时被从井下采煤组抽调到瓦斯检查组，成为一名瓦斯检查员。对于这项工作的任务，从维熙说道："这个活儿表面上看去，是十分轻松的，但是我每天要背着一台模样小如照相机似的玩意儿，比采煤的犯人和'二劳改'，提前进入当天要采煤的巷道，并在当天要采煤的煤巷巷口小黑板上，标明当天煤层中的瓦斯含量。除此之外，地下煤巷密如蛛网，每一条没有采煤任务的巷道，也要我涉足其内，检查其间有没有瓦斯超限的征兆。"② 在煤矿的这段经历，虽艰辛，但从维熙却很珍惜，把它看作一种难得的生命体验。1973 年，从维熙结束了在煤矿当矿工的生活，又被调往长治近郊的大辛庄劳改农场，因为

---

① 从维熙．走向混沌［M］．北京：作家出版社，2012：316.
② 从维熙．走向混沌［M］．北京：作家出版社，2012：330.

那里要筹建一座阻燃的化学原料四氯化碳化工厂。从维熙在回忆录《走向混沌》里记述了自己当时的感受："临行前，我的心情陷入矛盾之中。虽然我不喜欢'劳改'两字，但是我喜欢煤，更敬重煤的性格。""作为一个在底层生活了多年的知识分子，我十分怀念那一段挖煤的岁月……它虽然没有能壮我心志，但是却壮了我的筋骨，强化了我的肌肉。在我的劳改史上，是最值得回眸的一页。"① 也许正是这样的记忆和情怀使然，从维熙在自己复出之际发表的第一篇作品，是以讲一个煤矿的瓦斯员的故事而开始的。因为其中有着很多自己对煤矿的难忘的记忆和生命体验。

《女瓦斯员》作为从维熙的复出作，除了其中包含他劳改生涯里在煤矿劳动的经历的记忆，同时，这篇作品也是从维熙在"文革"结束前后那段时间里，命运发生重大转折的一个记录。这篇小说写于山西临汾，而临汾对从维熙来说有着特殊的意义，用从维熙自己的话说："我是从尧都临汾开始了人的生活的。"② 自 1957 年被划为"右派"以来，从维熙一直辗转于各个劳改农场，是一个十足的劳改分子。但在 1976 年的时候，他的人生迎来了转机，在山西作协段杏绵的帮忙联系下，山西临汾文联主席郑怀礼的力主下，从维熙从当时劳改的伍姓湖农场被直接调到山西临汾文联工作。所以，临汾对从维熙而言有着特殊的意义，在这里，他终于摆脱了囚徒和劳改犯的身份，以一个正常人的身份开始生活。当年，临汾文联的负责人把从维熙从劳改队调到临汾文联工作，也是冒着巨大的风险，顶着巨大的压力做出的决定，因为当时"四人帮"还没有下台，文联负

---

① 从维熙. 走向混沌［M］. 北京：作家出版社，2012：339.
② 从维熙. 从维熙文集：第七卷［M］. 北京：华艺出版社，1996：30.

责人郑怀礼等人还一度因此接受了调查。但不管怎样，来到这里，对从维熙而言意味着重生，意味着二十年的漫漫黑夜终于过去了。因此，从维熙对临汾有着深深的感激之情，因为在那里，他重新回到了做人的生活。在许多的回忆文章里，从维熙多次表达了对这里，对这里那些曾帮助过他的人的深深感激之情。正是在这里，他结束了劳改生涯，重新回到正常人的生活轨道，也是在这里，他重新提起笔来开始了自己文学创作上的复出之旅。到临汾文联工作后，单位给从维熙分配了一间十平方米的小屋子，就是在这间小屋子里，从维熙开始了自己复出期的创作，"我对这间小屋感情实在太深了，虽然它很破旧，室内阴暗潮湿，屋里还垂落下来一块不小的纸顶；但在这间小屋内，我恢复了人的知能，人的尊严，我体察到了人间的温暖和同志之间的情谊。一句话——我不再是个'囚徒'，我从'鬼'变成了人"①。

第二节　从《大墙下的红玉兰》到"悲情三部曲"

在经过《女瓦斯员》这样的作品的小心试探之后，从维熙很快便在创作上放开了手脚，尤其随着时局越来越明朗，以及改正错划"右派"通知的下发，他终于开始直面"昨日"的历史之痛，对揭露和反思黑白颠倒的岁月的历史悲剧性进行沉痛的反思，从而成就了20世纪80年代文学中"大墙文学"的诞生。因《大墙下的红玉

① 从维熙.从维熙文集：第七卷［M］.北京：华艺出版社，1996：24.

兰》以及稍后的《泥泞》《远去的白帆》《雪落黄河静无声》《风泪眼》等作品的发表，从维熙的这些叙述高墙内的被关押的政治劳改犯的作品被评论界冠以"大墙文学"的称号，在当时写作这类型作品的代表性作家还有张贤亮，其中《绿化树》《土牢情话》《男人的一半是女人》《灵与肉》是张贤亮这一类型创作中的代表性作品。从维熙也好，张贤亮也罢，在他们复出后的创作中，对这段经历的叙述与表现一度成为写作的重心，这些作品不仅成为反思文学中的力作，同时也有着见证与记录一段特殊历史的意义。因这些作品在20世纪80年代的伤痕、反思文学中的巨大的影响力，从维熙赢得了"大墙文学之父"的称号。

通过从维熙的回忆录可以看到，小说《远去的白帆》应该是从维熙自被划为"右派"后开始动笔写的第一篇小说，这篇小说最初动笔的时间应该是1975年年底，主要写一个16岁蒙受冤枉的小劳教犯的美好心灵。当时从维熙是在晋南地区的伍姓湖劳改农场，农场的负责人陈大琪因从维熙是个文化人而对他多有关照，使得他有时可以再次提起笔来进行创作。"我是用薄薄的几片烟纸，在那间属于我的窑洞里，开始了我十七年后的笔耕的。首先进入我的创作天地的是昔日我在团河农场劳改时，那两只被异化了的白天鹅。"①"由这两只白天鹅，我联想起昔日北京大学西语系讲师黄继忠，他在被划为"右派"后，因老婆离婚，几个孩子没有人收养，黄只好将其带进了劳改队——那几个可怜的孩子，也像那两只白天鹅一样，经受着环境造成的另一种异化——我便将那几个娃儿，浓缩成为一

---

① 从维熙. 走向混沌［M］. 北京：作家出版社，2012：393.

个，并与白天鹅写在了一起。这就是后来在 20 世纪 80 年代获全国中篇小说奖的《远去的白帆》最早的雏形。"①《风泪眼》《阴阳界》和《断肠草》是从维熙的总名为"逃犯三部曲"又名"悲情三部曲"的三部连续性的中篇小说，这几部作品创作于 20 世纪 80 年代末 90 年代初，可以说是从维熙对自己的大墙文学的一个延伸。这几部作品的主人公是同一个人，名叫索泓一，是一个关押在劳改农场进行劳动改造的"右派分子"。三部作品，分别写了三个爱情故事。《风泪眼》的故事发生在劳改农场，在这里劳改的"右派分子"索泓一与从河南兰考逃难至此的盲流李翠翠偶然相遇，并成为患难知己，但自身难保的索泓一却不敢接受李翠翠对自己的一片真情，最终李翠翠为了立足求生，也为了能帮到索泓一委身嫁给了农场的管理科长郑昆山，最终也正是在李翠翠的指点和帮助下，索泓一从农场逃离了出来。《阴阳界》是写逃犯索泓一在大山深处的阴阳谷，与因出身地主家而成为黑户的蔡桂凤之间的乱世情缘的故事。而《断肠草》则是写逃犯索泓一在"文革"中于大山深处与石草儿之间相遇相恋的爱情故事。三篇小说有共同的特点：都是写乱世情缘，小说中关于劳改农场的"右派分子"遭遇的叙述固然充满着传奇的色彩，但并不是为了创作小说虚构而来。可以说作品中索泓一的形象和他的爱情故事都有着生活的来源。从维熙当年在山西大辛庄劳改农场所结识的"右派分子"姜葆琛正是小说中索泓一的原型。姜葆琛便有过一段从劳改农场逃离出去，在边境西双版纳的原始森林里被一个傣族少女所救，并在丛林竹楼中留下一段乱世情缘的经历。

---

① 从维熙. 走向混沌 [M]. 北京：作家出版社，2012：393.

"悲情三部曲"中的女主人公不论是李翠翠、蔡桂凤还是石草儿，她们都有着敢爱敢恨、爱憎分明、果敢决绝的性格特点。她们虽然自己也都出身卑微，流落天涯，却不向逆境低头，也不与混乱的世事同流合污，反倒是大胆泼辣、独立果敢，在政治主导一切的岁月里，她们的身上却显示出难得的真性情。在作品中，她们与身为逃犯的男主人公可谓同是天涯沦落人，自然有了几分认同感。她们对男主人公的处境和遭遇抱以极大的同情，甚至不顾一切地为保护男主人公而承受所有的压力和委屈。小说中的这种可称为"同情叙事"的模式有其丰富的含义，作家以这样的方式，将一种政治性的隐喻蕴含于其中，即以女性的同情来表达一种人民的认同，将自身所受的政治上的不白之冤以这种"同情叙事"的方式而进行一种自我的救赎，从而完成对历史的个体叙述和反思。这种叙事模式在20世纪80年代复出作家的具有反思色彩的文学作品中普遍存在，关于这一点，本书在分析张贤亮的相关作品的章节中已做详细的展开。

第七章　1980 年：作家汪曾祺与高晓声的归来

第一节　作家的归来：《汪曾祺短篇小说选》

1980 年，北京出版社拟出版"北京文学创作丛书"，这套丛书主要是收集北京的专业和业余作家的个人选集，所收作品以他们的新作和中华人民共和国成立以来的代表性作品为主。拟定的作家名单上包括刘绍棠、张洁、林斤澜、宗璞、邓友梅、刘心武、从维熙、王蒙、汪曾祺等。但出版社编辑与汪曾祺联系时，汪曾祺觉得自己在中华人民共和国成立以来作品数量不多，不太想参与。好友林斤澜听闻后专程来到汪曾祺家，鼓励汪曾祺抓紧创作，说："'文革'中，我们一伙人被关在牛棚里，有人发誓一辈子不写了，我从来不这样想。那一天，我在报纸上看到你的名字出现在天安门城楼观礼的一大群名单中，我们激动的心情无法形容。我想到你会帮助我，我想到你还能写！人要有信念，要有骨气，我和你都不是做官之人，都不愿意、不想靠任何人。你要想靠，早做大官了。可是，我们手中的笔，任何时候也不能放下呀。"①

在好友的督促下，汪曾祺开始动笔了，于1979年下半年创作出了小说《骑兵列传》，这是汪曾祺复出后完成的第一篇小说。《骑兵列传》拉开了复出后的汪曾祺创作小说的序幕，到1981年5月完成《七里茶坊》，汪曾祺在一年半的时间里，接连写出了9篇短篇小说，这些小说最后均收入了北京出版社1982年出版的《汪曾祺短篇小说选》中。可以说，小说《骑兵列传》是汪曾祺复出之后的开山之作，而这部《汪曾祺短篇小说选》则可以说是汪曾祺复出期作品的结集。在书的《自序》中汪曾祺谈道："1979年到1981年写得多一些，这都是几个老朋友怂恿的结果。没有他们的鼓励、催逼甚至责备，我也许就不会再写小说了。深情厚谊，良可感念，于此谢之。"②

《汪曾祺短篇小说选》是汪曾祺复出后出版的第一部小说集，共收入1940年以来所创作的16篇短篇小说，其中有9篇是1979年至1981年间所写，这9篇短篇小说正是汪曾祺复出之际创作的作品，它们分别是：《骑兵列传》《塞下人物记》《黄油烙饼》《异秉》《受戒》《寂寞和温暖》《岁寒三友》《大淖记事》《七里茶坊》。在这9篇小说中，4篇是以中华人民共和国成立前20世纪三四十年代的故乡高邮镇为背景的，即《异秉》《受戒》《岁寒三友》《大淖记事》。另外5篇写的是中华人民共和国成立后20世纪六七十年代的故事，与汪曾祺自己被划为"右派"后的经历与见闻有关。两类题材看上

---

① 陆建华. 汪曾祺传［M］. 南京：江苏文艺出版社，1997：198.
② 汪曾祺. 汪曾祺短篇小说选［M］. 北京：北京出版社，1982：1-2.

去时间背景、故事内容相去甚远，却有着内在的统一性与指向性，这便是对美的人性、美的生活的发现与讴歌。

小说《骑兵列传》是汪曾祺复出后发表的第一篇小说，发表于1979年第11期的《人民文学》，这篇小说讲述的是关于抗日战争时期威震内蒙古后山地区的骑兵营众英雄的故事。作品一方面叙述了骑兵营战士们在抗战岁月里的英雄业绩，另一方面也写了"文革"中这些曾经的抗战英雄所受到的迫害。汪曾祺写这样一个题材的作品，也与自己的经历见闻的积累有关。1972年汪曾祺、杨毓民、阎肃等人在江青的指定下赴内蒙古，计划写剧作《草原烽火》。1974年，在江青的指示下，汪曾祺与梁清濂、周锴一行三人再赴内蒙古体验生活，准备写一个反映内蒙古革命题材的戏剧，戏剧虽然最终因种种原因没有写出，但汪曾祺借此收集到很多内蒙古地区革命斗争历史的相关材料，也走访了一些人，才有了后来的《骑兵列传》的问世。小说有着当时盛行的伤痕文学的因子，却又有着另辟蹊径的特点，"很显然，《骑兵列传》对'文化大革命'的揭发与控诉，有着'伤痕文学'的因素，但又不像常见的'伤痕文学'作品那样，一味地进行血淋淋的控诉。作者把对革命前辈的赞颂和对'四人帮'的控诉结合起来，在强烈对比中，高尚者越发高尚，卑鄙者更见卑鄙"①。小说中实际上有两条故事线，一条是讲述骑兵营将士在抗战岁月里的传奇经历和高超的作战本领；另一条是讲述"文革"时曾经的骑兵营战士们所受的政治冲击，以及在这种冲击下他们朴实、正直的品格。重点讲了曾当过骑兵营长的黄司令员，以及骑兵

---

① 陆建华. 汪曾祺传 [M]. 南京：江苏文艺出版社，1997：200.

营战士杨如意、萨克亚、王振东、杨玉山等人的故事。所讲的故事主要突出那种传奇性，而从传奇性的故事中又能感受到当年抗日的艰辛与苦难。战争年代骑兵营条件艰苦，战士老曹的胳膊被敌人的枪给打穿了，最后是无师自通的萨克亚用两块光洋堵住伤口给治好的，而在事隔多年后老曹问一个外科医生这种治法，医生惊奇地说从没听说过，也没见任何医书里有过记载。骑兵营里出生于内蒙古后山地区武川县的战士王振东是个神枪手，曾经为保护电台而一个人独战众多日军。还有装扮成各种角色、深入敌占区从事情报工作的杨玉山。而当年担任过骑兵营营长的黄司令员显然是骑兵营的魂，不论是当年在大青山一带打日本人，还是在当下政治风暴中所受的迫害，黄司令员一如既往地笃定、坚毅、沉稳，而不论是骑兵营的战士，还是当地的老百姓，都敬之如神，真正显示出老革命者的英雄本色。小说以第一人称"我"对骑兵营将士的采访的视角来写，"我"只是故事的一个听者，作者力图保持着讲述者叙述故事的本色，不做过多的修饰和润色，语言也保留着很多当地的土语，正是这不加润色的讲述，保留了历史的本色、人物的本色、英雄的本色。

小说《塞下人物记》（发表于《北京文艺》1980年第9期）写的是塞下地区乡村小镇上一些平凡小人物不平凡的故事。一个是片石山采石场上拥有一手赶车绝技的陈银娃；一个是小车站上搬运队里能力扛千斤的大力士王大力；一个是说话押韵的仓库看管退休工人；一个是其貌不扬却通百行百技的老工人老蔫；还有耿直、健朗，在"大跃进"中通过实干而抵制干部浮夸风的"俩老头"。小说所讲的都是乡间小镇上小人物的故事，他们平凡普通，但又各有自己出色的本事，可他们不以这种本领自傲、炫耀，反倒是踏踏实实、本本分分地去生活，汪曾祺呈现的是民间世俗社会中小人物身上非凡的本领、智慧与技能，更为难能可贵的还有他们身上的那种朴实、本分、正直、善良的品质。小说如同冯骥才于 20 世纪 90 年代所写的天津市井人物系列的风格，而汪曾祺的这篇小说写于 1980 年，可谓难能可贵。小说充满着浓郁的市井气息，也能强烈地感受到汪曾祺有意将目光投向民间世俗社会中去感悟和发现生活的真谛、趣味与韵味，而这种有意地疏离时代宏大主题的叙述，于小人物的身上去发现生活的真谛的书写风格，在接下来的《受戒》《大淖记事》《岁寒三友》中被推到了极致。

《黄油烙饼》发表于《新观察》1980 年第 2 期。1980 年 6 月 24 日至 30 日，汪曾祺参加北京市文学艺术工作者第四次代表大会，正筹备复刊的《新观察》编辑石湾到会上向汪曾祺组稿，汪曾祺便将这篇刚刚写好的小说交给了石湾。这篇小说主要是从一个儿童的视角展开叙事，讲的是萧胜的爸爸妈妈都是科研人员，在口外沽源县的一个马铃薯研究站工作，由于条件所限，在萧胜 3 岁那年，爸爸只好把他送回家乡农村与奶奶一起生活。萧胜 7 岁时，奶奶于饥荒中去世，但她到死也没舍得去吃萧胜爸爸早些时候带给她的那瓶牛奶炼的黄油。奶奶去世后，萧胜被接到了爸爸妈妈工作的马铃薯研究所一起生活。小说中令人触动的是作家讲述那种艰辛生活时的淡然，虽然命运很是不公，但这对普通的科研工作者没有抱怨，不论是面对亲人的去世，还是对自身处境的不公、基层社会中的不平等，他们都淡然处之，不抱怨，认认真真地生活，认认真真地工作，只有在儿子不解乡下三级干部开会时所吃的黄油烙饼是何物时，正咽着红高粱饼子的妈妈才下狠心取出那瓶奶奶一直没舍得动的黄油，给萧胜做了一张黄油烙饼。"萧胜一边流着一串一串的眼泪，一边吃黄油烙饼。他的眼泪流进了嘴里。黄油烙饼是甜的，眼泪是咸的。"①

《寂寞和温暖》写于 1980 年 12 月，发表于 1981 年第 2 期的《北京文学》。小说讲述了一个在某农业科学研究所工作的科研人员被划为"右派"的故事。女主人公沈沅出生于马来西亚，随父亲长大，后来在北京农业大学毕业后被分配到一家农业研究所工作。1957 年的"反右"运动中，因提过几条意见，也因着多年在南洋打拼的父亲在家乡买了几亩田，沈沅被划为了"右派"。小说的重心却不在写被划为"右派"后沈沅所受的冷落和冲击，相反，却是着重写身边的同事如何一如既往地对待她、关心她 不论是外号"早稻田"的水稻专家老张，还是谷子专家俊哥儿李，以及赶车的老车倌王栓，没有一个因她"右派"的身份而疏远她，相反却格外地关照她。小说以人与人之间的那种温暖关系的叙述，将激烈的政治运动的冲击感极大地淡化了，政治运动的粗暴性被人与人之间的那种友善的关系化解了，或者说，作者有意于政治岁月里去钩沉普通人内心深处人性的温暖。汪曾祺重点不是写运动的粗暴性，反倒是努力呈现生活的美、人的美，如作品里这样写沈沅到农业科研所工作的情景："稻子收割了，羊羔子抓了秋膘了，葡萄下了窖了，雪下来了。雪化了，茵陈蒿在乌黑的地里绿了，羊角葱露了嘴了，稻田的冻土翻了，葡萄出了窖了，母羊接了春羔了，育苗了，插秧了。沈沅在这个农科所生活了快一年了。"② 写得很纯粹，是被发现和感知

---

① 汪曾祺. 汪曾祺短篇小说选 [M]. 北京：北京出版社，1982：179.
② 汪曾祺. 汪曾祺短篇小说选 [M]. 北京：北京出版社，1982：225.

的美，以极富韵律感的语言来呈现，是欢快而愉悦的，这是一种永恒的美。所以作者在叙述中对突然而起的政治风暴及女主人公所遭受的变故着墨不多，几笔带过。因为这些不是生活中恒常的事项。如同后来在《受戒》中用那种纯朴的人性、人间至情、真诚的生活态度来冲淡佛门的所谓的清规戒律一样，这篇小说同样是一种对粗暴的政治运动的刻意淡化与稀释。另外值得关注的是，小说中写到了运动中批斗会的情景以及被批对象的心理感受，这种描写中包含了作者自身当年的心理感受和体验，也许只有以小说的方式才会将这种心理体验还原得如此真切。"写了无数次检查，听了无数次批判，在毫无自卫能力的情况下，忍受着各种离奇而难堪的侮辱，沈沅的精神完全垮了。她的神经麻木了。她听着那些锋利尖刻的语言，会不明白那是什么意思。她的脑子会出现一片空白，一点思想都没有，像是曝了光的底片。她有时一动不动地坐着，像一块石头。她不再觉得痛苦，只是非常的疲倦。她想：怎么都行，定一个什么罪名，给一个什么处分都行，只求快一点，快一点过去，不要再开会，不要再写检查。"① "沈沅的结论下来了，定为一般'右派'，就在本所劳动。她很镇定，甚至觉得轻松。她觉得这没有什么。就像一个人从水里的踏石上过河，原来怕湿了鞋袜；后来掉在河里，衣裤全湿了，觉得也不过就是这样，心里反而踏实了。"② 不过，在汪曾祺的这篇小说中，却不是专注于叙述被打成"右派"的当事人所受的苦与磨难，而是重点去写沈沅被划成"右派"后其他人给予她的关照。研究所里的一个朴实的老工人王栓一次次地来探望她、安慰她，

---

① 汪曾祺.汪曾祺全集：一 [M].北京：北京师范大学出版社，1998：374.
② 汪曾祺.汪曾祺全集：一 [M].北京：北京师范大学出版社，1998：376.

同事们在劳动中主动同她搭话，技师老张关心她、鼓励她。作者将一个"右派分子"于人生低谷时所获得的来自他人的关怀写得十分动人，后来新上任的赵所长更是主动地为沈沅申请改正错划"右派"，还批准沈沅回乡为父亲扫墓，在年底的一年一度的先进工作者评比会上甚至开始讨论沈沅的评优问题。在这样一篇描写"反右"运动的作品中，汪曾祺却将关注点聚焦于被打成"右派"的主人公于困境中所得到的温暖。作为有着曾被打成"右派"经历的作家，汪曾祺在通过小说重新回首那段岁月时，似乎无意于去对过往历史进行控诉与批判，也无意于刻画那些曾经伤害过自己的那些人的丑恶嘴脸，而是全力发掘生活中的感动与善，其中闪射着汪曾祺特有的生活信念与处事原则。汪曾祺说："我希望我的作品能有益于世道人心，我希望使人的感情得到滋润，让人觉得生活是美好的，人，是美的，有诗意的。你很辛苦，很累了，那么坐下来歇一会，喝一杯不凉不烫的清茶——读一点我的作品。我对生活，基本上是一个乐观主义者，我认为人类是有前途的，中国是会好起来的。我愿意把这些朴素的信念传达给人。我没有那么多失落感、孤独感、荒谬感、绝望感。"①

《七里茶坊》写于1981年5月，是汪曾祺复出后第一阶段写的最后一篇小说，发表在1981年第5期《收获》上。这篇小说中所讲述的故事也与汪曾祺被划为"右派"后的劳动改造经历有关。小说中的七里茶坊因在张家口东南七里地而得名。小说讲"我"在一家农业科研所下放劳动，在生产队长的安排下，拿着介绍信、带着三

---

① 汪曾祺. 汪曾祺自述［M］. 郑州：大象出版社，2002：212.

个人去张家口的公厕淘大粪。那是 1960 年，天寒地冻，白天淘粪，晚上回到车马大店睡大炕。"淘公共厕所，实际上不是淘，而是凿。天这么冷，粪池里的粪都冻得实实的，得用冰镩凿开，破成一二尺见方大小不等的冰块，用铁锹起出来，装在单套车上，运到七里茶坊，堆积在街外的空场上。"① 住在车马大店，一早一晚都是店掌柜来给做手推莜面窝窝，莜面是自己带来的，做熟了蘸着自己带来的麦麸子做的大酱吃。吃的是粗饭，"没有油，没有醋，尤其是没有辣椒！可是你相信我说的是真话：我一辈子很少吃过这么好吃的东西。那是什么时候呀？——一九六〇年！"劳动的脏和累，吃得粗，住得简陋，苦自不必言。但作者恰恰是要写出这种天寒地冻的时节，在这车马大店所感受的温暖和香甜。一起劳作的同事，劳动中互不计较，互有照顾。车马大店的掌柜，一早一晚生火做饭，即使碰上同住一个土炕的赶牲口的坝上人，人与人之间，在社会底层，也无戒备，无防范，坦诚相待，即使一碗水，一袋烟，一块咸菜，见得真情真义，汪曾祺把社会底层的真性情写了出来。

在这部小说集中，《受戒》《岁寒三友》《大淖记事》被评论界关注较多，也正是它们的发表使得汪曾祺在新时期的文坛上大放异彩。其中《受戒》发表于 1980 年第 10 期的《北京文学》，《岁寒三友》发表于 1981 年第 3 期的《十月》，《大淖记事》发表于 1981 年第 4 期的《北京文学》。小说《岁寒三友》写的是普通人之间的情谊。在小镇上开绒线店的王瘦吾、开炮仗店的陶虎臣和画画的靳彝甫，他们三个人从小一块长大，日子过得不好不坏，"这是三个说上

---

① 汪曾祺. 汪曾祺短篇小说选［M］. 北京：北京出版社，1982：294.

不上，说下不下的人。既不是缙绅先生，也不是引车卖浆者流。他们的日子时好时坏。好的时候桌上有两个菜，一荤一素，还能烫二两酒；坏的时候，喝粥，甚至断炊。三个人的名声倒是好的。他们都没有做过伤天害理的事，对人从不尖酸刻薄，对地方的公益，从不袖手旁观"。后来王瘦吾和陶虎臣先后落了难，小生意破了产。危难关头，靳彝甫没有袖手旁观，而是把自己家祖传下来的三块田黄卖掉后来倾力救济好友，却不图任何回报，再相聚时也还是淡然一笑。《大淖记事》讲小镇上名为十三子的小锡匠和挑夫女巧云的爱情故事。写出的是底层小人物的坚韧、义气与真性情。《受戒》与《大淖记事》《岁寒三友》一样，写的同样是人与人之间的那种真挚、纯朴的感情。这些作品的问世，也显示出汪曾祺无意纠缠于历史与伤痛之中，也不愿倾诉抱怨与愤怒，而是更为专注对记忆中那些充满美和善的人生的叙述与呈现。在谈到为什么要创作《受戒》时，汪曾祺说："这篇小说写的是什么？我在大体上有了一个设想之后，曾和个别同志谈过。'你为什么要写这样一篇东西呢？'当时我没有回答，只是带着一点激动说：'我要写！我一定要把它写得很美，很健康，很有诗意！'写成后，我说：'我写的是美，是健康的人性。'"① 有评论者这样评价《受戒》的意义："《受戒》一出，扩大了读者的审美空间，安稳住了以控诉和呐喊为主流的新时期文学，提醒创作者及时归位——让文学回归文学。了解现代文学史的人还能看到，老将汪曾祺披挂上阵，疏通接续了现代文学和当代文学之间的联系，创造性地发展了乃师沈从文的文学风格，担负了承

---

① 汪曾祺. 汪曾祺自述 [M]. 郑州：大象出版社，2002：201.

前启后的重要作用。《受戒》的历史贡献，有如孙犁的《荷花淀》出现于 20 世纪 40 年代初的延安；作家用他们的彩笔，描画铺排出一片文学新天地，既开风气又为师。"①

　　上述 9 篇小说即汪曾祺复出期创作的主要作品。这些作品不论是写自己采访中的见闻，如《骑兵列传》《塞下人物记》，还是写自己下放劳动期间的经历，如《黄油烙饼》《寂寞和温暖》《七里茶坊》，或是写故乡的风土民情，如《受戒》《岁寒三友》《大淖记事》，作品在叙事上都有一种淡然处之的味道，哪怕是写十分艰辛的劳动改造的经历，也是娓娓道来，不显其苦，反倒呈现出一种宁静之美。其次，作品关注的是平凡生活中的小人物，写出普通人生的底蕴与色彩来，着力展现的是民间社会中普通民众身上的那种善良、诚信、坦荡、坚毅的美好品质。汪曾祺曾于 1957 年被划为"右派"，有过被下放劳动改造的经历，在复出期所创作的这些小说中，汪曾祺也把自己的这段经历融入其中，但他的叙述却有别于当时渐渐流行起来的那种"伤痕""反思"文学的写法，于回首"昨日"的叙述中，有着一种哀而不伤、怨而不怒的味道，于大的历史背景下，专注于点点滴滴的生活中许多平凡但美好而感动人心的细节，其中闪现的不只是一种艺术风格，更是一种处世态度和人生信念。

---

① 金实秋主编．永远的汪曾祺［M］．上海：上海远东出版社，2008：24.

第二节　复出的高晓声：《79 小说集》

1980 年，江苏人民出版社出版了高晓声的一部短篇小说集，名为《79 小说集》，这部小说集中收录有高晓声于 1978 年至 1979 年间创作的 11 篇短篇小说，分别是《系心带》《李顺大造屋》《"漏斗户"主》《拣珍珠》《周华英求职》《漫长的一天》《柳塘镇猪市》《特别标记》《流水汩汩》《雪地花》《一支唱不完的歌》。可以说，高晓声不是以某一个作品而重新复出文坛的，他在"文革"结束后便开始全力以赴为自己的复出做准备，在不到一年的时间里写出了十多篇短篇小说，然后如集束炸弹一般投向文坛，从而便有了后来的《79 小说集》的出版，由此，我们可以把这部小说集中的作品视为高晓声的"复出作"。

1978 年，已是高晓声在江苏武进县三河口公社的菌肥厂工作的第七个年头，主要负责养殖银耳、灵芝等。那时他研制出养猪用的生饲料发酵粉，从而极大地推进了当时养猪业的发展，他还研发出一种名为井冈霉素的农用抗菌素，用来防治乡里水稻突发的纹枯病。多年的返乡劳动生活，使得高晓声俨然已成为一名农业技术多面手，但进入 1978 年后一系列改正错划政策的落实，使得高晓声意识到自己不久就会回到文坛，而他也十分清楚作为作家，重回文坛最为重要的是要拿出像样的作品。"1978 年 5 月，我确认自己不久会回到文学队伍里来。啊！这么多年了，如果一个女儿嫁出去，回娘家应该带着成年的儿女来了。而我呢，难道能两手空空，光是红着脸羞愧地走进去吗?"① 正是带着这样的意识,高晓声时隔多年后又一次开始了文学创作。"我开始握起笔,我开始抢时间。1978 年 6 月,我一头钻到创作里去了。开始的时候,我工作得非常困难,我连许多常用字都忘记了,找不到词儿去表达内容。我不得不花工夫把《辞源》从头到尾翻阅一遍,并把我认为有生命力的词汇抄在专用的小本子上。"② 再次开始创作时,高晓声的生活条件及身体状况都是比较糟糕的。身在农村,家里人多,屋子小,无法创作,村里的好友丁保林为了能让高晓声安心写作,干脆让高晓声住到了自己的家中。

保林腾出三个大房间和客厅,给高晓声独用,自己和妻子搬进老屋。

才写了一两篇,高说:"骨牌凳硬、冷,坐得屁股痛。"保林赶紧买来半靠背藤椅,叫妻子做个棉垫。

又过一两天,高问丁:"你跟后面的邻居关系好不好?"

"好啊。有什么事啊?"

"我写文章的时候,后面屋子里的录音机开得响,能不能叫他开低点?"

保林立即去和丁国明打招呼。国明说:"那我关了录音机。"

"不要。开低点就好。"后面屋子再也没有传来音乐声。

他问过丁保林:"'泔脚水'的'泔'怎么写?"丁保林翻了《现代汉语词典》后告诉他。

---

① 曹洁萍,毛定海.高晓声年谱 [M].南京:南京大学出版社,2017:120.
② 高晓声.曲折的路 [J].四川文学,1980 (9):72.

一个来月，高晓声专心写出十来篇短篇小说，完成一年的工作量，就暂停，休息。成竹在胸，"像集束手榴弹，捆绑一起，一下子甩出去，威力无比哪！"

写累了，出门散步，踱到河边，面对青青芦苇，高举双手。这是高晓声自创的消除疲劳的办法。丁的母亲见了，觉得奇怪，说："你没事做啊？"高笑，说："啊，啊，没事做，没事做。"

大作家的《79小说集》里的几篇小说就是这样写出来的。①

正是在上述情形下，高晓声创作出了自己复出之际的第一批作品。所以，《79小说集》不仅是高晓声复出之后出版的第一部小说集，它同时也是复出期作家精神、心理、生活等方面状况的一个凝结，因此也便有了深入解读的必要。

在《79小说集》中，高晓声将小说《系心带》排在了最前面，而将名气更大的《李顺大造屋》和《"漏斗户"主》排在了第二篇和第三篇的位置。这样的安排可以说是别有深意的。作者为什么要将小说《系心带》排到首位呢？小说《系心带》发表于1979年第11期《上海文学》，作品中的主人公李稼夫，曾被戴上"反动学术权威"的帽子而被下放到农村进行劳动改造，十年后李稼夫终于摘掉了这个帽子。小说着重写的是李稼夫在返城候车的小站上对历史遭际的回顾、反思与感慨，他试图在这样的时刻去厘清这十年来的经历对于自己究竟意味着什么，包括在挨整期间所受的羞辱、获得的同情以及赢得的尊重。在这十年里，他这个被下放劳改的"反动学术权威"学会了给生病的乡民打针；他帮助村民改进了煤球炉膛；

---

① 曹洁萍，毛定海. 高晓声年谱［M］. 南京：南京大学出版社，2017：118.

他总结出了如何提高刈麦和插秧速度的方法；他帮乡里建成了年收入二百万以上的采石厂。十年中，他用自己的学识与智慧切实地帮助了乡亲们的生产、生活，这也使他赢得了乡民们的尊重。"一家家社员分别地、默默地但是十分执拗地把他拉回家去，关起门来陪着他吃一点专门为他准备的饮食；他们秘密地做着这一件事情，似乎有所顾忌，但又坚决要这样去做。李稼夫很快就明白了，这就是人民用他们自己特有的方式在对他表达感情，表达他们对迫害他的人的抗议；这种抗议的形式又表明人民也是被迫害者，而他则毫无疑义被他们看成自己人了。"① 也正是在这种被认同的感受中，李稼夫意识到过去的这十年不是一种荒废，十年前他被抛弃到了这里劳动改造，十年后他又从这个小站坐车返回原位，而这十年于他而言有着另外的意义和收获。他终于意识到："持久的生活以这样巨大的力量影响着一切，李稼夫显然也不是原来的那个人了。他脸上添加的皱纹并不是树木的单纯的年轮，新增的白发更不是为了显示他的苍老，风霜和劳动给了他智慧，也给了他力量，这里的人民终于教会了他，使他懂得并且坚信，他这个人在任何时候、任何情况下都对人民有用处。往后他不会害怕什么了，尽管到现在为止，他仍旧没有学会保卫自己的那一套'本领'，但勇敢的人根本就无须那一套。今后的斗争还是不可避免的，即使他再被抛出来，他也能够马上找到自己的位置。"② 高晓声把这篇小说放在了自己复出后出版的第一部小说集的首位显然是别有深意的，因为这篇作品写出的正是自己的心声。可以说，主人公李稼夫的身上有高晓声自己的影子，李稼

① 高晓声.79 小说集 [M]. 南京：江苏人民出版社，1980：9.
② 高晓声.79 小说集 [M]. 南京：江苏人民出版社，1980：5–6.

夫的回顾、反思与感慨，也正是高晓声对自己所经历的十多年的"改造史"的一种沉思，他沉思这十多年的返乡改造史对自己的人生而言意义何在，他也正是带着这样的反思再次开启了一段新的人生历程。

细查高晓声的经历，不得不说高晓声是一个"多专多能"的人。文学创作上的才能自不必多言，在他返乡改造的十多年中，正如小说中的李稼夫一样，高晓声曾帮助当地村民改进灶膛，发明出了燃煤更充分的节煤灶；他还帮着公社里建起了菌肥厂，并在他的努力下将厂子扭亏为盈；他琢磨出了人工栽培银耳、灵芝的方法，还研制出了灵芝止咳糖浆；为推进当地的养猪业，他研制、生产出了饲料发酵粉；为提高水稻产量，他研制出了名为九二〇激素的生长素；1975年乡里的水稻突发大面积纹枯病，可是防治纹枯病的井冈霉素一时买不到，又是在高晓声的钻研下，生产出了救急的井冈霉素，保障了全乡的农业生产。所以，我们再去读小说《系心带》里主人公李稼夫的那些感慨时就能深切地体会到，其中道出的正是高晓声自己的心声，所以，高晓声将这篇小说放在《79小说集》的首位，也正显示出他对这篇小说的看重，因为这里不仅有着自己对多年磨难经历的沉思，也有着自己复出之际的人生感慨。

在《79小说集》所收录的小说中，还有一类作品值得关注。这类作品主要是对当时乡村里种种不良的社会现象进行揭示，着重对乡镇基层领导干部身上的不良作风进行暴露和批评。小说《周华英求职》（《安徽文学》1979年第11期）讲村妇周华英为工作的事而上访的故事。38岁的周华英因户口问题，一直与丈夫两地分居，后来丈夫的弟弟车祸去世，汽车公司答应帮忙解决周华英户口和工作的问题，可后来安排工作的事却拖了下来。两年多的时间里，她一次次去找公社领导，公社民政股的李股长每次都热情接待周英华，也帮着她出主意，但暗地里却把汽车公司的工作指标安排给了自己的儿子，周华英则完全被蒙在鼓里。小说围绕周华英找工作的事反映的是干部以权谋私的社会问题，同时还表现了基层官员的不作为，也触及了官场上那种微妙的官官相护的情形。《漫长的一天》讲的是社员张荷珍与邻居周焕荣发生纠纷，周焕荣纠集社会人员将张荷珍的丈夫、儿子及女儿打伤。周焕荣因是公社农机厂的供销员，是当地红人，人脉很广，在大队书记姚再洪的包庇下，周焕荣得以逍遥法外。公社党委书记刘和生下决心要查明真相，惩办罪犯，却面对着层层的干扰和阻力，不仅有人给周焕荣通风报信，求情讲话，甚至绕过刘和生到家里给他老婆送礼说情。小说的时间背景是"文革"结束的两年后，正如作品中刘和生感慨和忧患的："十多年来，由于党内外政治空气极不正常，人民内部也形成了错综复杂的关系。党员之间，党群之间，干群之间，上下级之间，正常关系遭到了严重的破坏。私人的情谊，帮派的利益，踢、拖、推、搁的恶劣作风，迎、送、请、吃的陈腐习气，仍旧严重地存在着，正气不易抬头。"① 小说《李顺大造屋》（《雨花》1979 年第 7 期）通过李顺大数十年的造屋史，既写出极左运动对农民生活的损害，同时也触及了进入新时期后在物资供应紧张的情况下出现的送礼、走后门的现象。而小说《柳塘镇猪市》一方面是写曾经的"走资派"张炳生官复原职，担任公社党委书记，公社里百废待兴，一大摊子事情等着

---

① 高晓声.79 小说集［M］.南京：江苏人民出版社，1980：92.

他去处理："文革"中大量因盲目办厂而闲置荒废的机器，因社办厂倒闭而待安置的技术人员，等等；另一方面又通过曾经的厂技术员刘玉梅工作的安置问题，将公社工业书记李金山的不正之风揭露了出来。可以说，高晓声在这些小说里所呈现出的对乡村社会里现实问题的揭示和暴露，不仅显示出他对相关问题的敏锐观察，同时也显示出了一个作家的担当意识。20 世纪 70 年代末的中国文坛普遍是"向后看"，多写历史沧桑，而高晓声则在自己的复出之际将目光投向了当下，表现出对社会现实问题的敏感及强烈的介入意识，并在作品中将发现的问题进行揭示和暴露，这对一个刚刚改正错划"右派"归来的作家而言是十分难得的。

《79 小说集》里还有一类作品便是对乡村生活新面貌、新景象的讴歌和诗意化呈现。小说《拣珍珠》（《北京文艺》1979 年第 9 期）里的大队妇女主任刘新华年轻有为，有文化有水平有能力，但她拒绝了公社干部的求婚，也拒绝了媒人介绍的城里人，而是心甘情愿地嫁给了自己所工作的村里的普通农民李国明。小说重在写刘新华选择自己婚姻伴侣时的心理认识过程，在一番细细认知梳理的过程中，她如拣珍珠般为自己选择了农民李国民，也可以说，这一心理过程是一个重新认识乡村农民的过程，去发现和呈现他们身上那种宝贵的品质。小说《雪地花》写了动力机厂的正直的钳工何工亮的感情故事，也写了青年女教师吴菊华的爱情故事，重在写出乱世真情，以及主人公心里的相识相知，正如同高晓声曾经的一段感情经历。小说《流水汩汩》（《紫琅》1979 年第 3、4 期）则以鱼作比，以养鱼为线，倾诉的是"四人帮"被打倒后村民们对新生活的期待。《一支唱不完的歌》（《钟山》1979 年第 4 期）以一支唱不完的歌为线，展现出的是进入新时期，在按劳取酬、多劳多得分配制的激励下，农民在生产劳动中所激发出的劳动热情。为了完成双抢任务，村民日夜奋战。这种对劳动场景的叙述完全不同于赵树理小说《"锻炼锻炼"》中对吃大锅饭时代那种出工不出力、磨洋工的情景的叙述，不只表现出劳动的热情，更注重对乡村生活富有诗意的一面的呈现。

　　谈及《79小说集》中的作品，《"漏斗户"主》无疑是无法回避的存在，而小说中的陈奂生更是成为高晓声笔下以及整个当代文学中的一个经典。这篇小说发表于1979年第2期的《钟山》文艺丛刊，后收入《79小说集》。我们知道，"漏斗户"主是小说主人公陈奂生的绰号。小说写的是在极左路线的影响下，乡村农民忍饥挨饿的历史，但事实上，陈奂生身上有着高晓声自己生活的影子，这种印痕，不仅体现在小说中所述及的陈奂生的生活状况上，也体现在陈奂生的精神生活及性格、心理上。小说中陈奂生因家里人口多，口粮常常青黄不接，为了有口饭吃，不得不东挪西借，拆东墙补西墙，日子过得窘迫不堪。其实陈奂生的这种生活境况正是高晓声自己曾经一段时间里生活的真实写照。1959年，已被遣送回原籍劳动改造的高晓声的妻子邹主平因病去世，高晓声开始单身一人生活，而在接下来的几年中，饥荒不断，挨冻受饿成为常态，日子过得异常艰辛。"最艰难的时候，高晓声一天吃四两糠，熬过三个月，在生死门槛上滚进滚出，又黑又瘦，形同晒干的田鸡。实在支撑不住，他卸下一间祖屋的8根立柱，卖了补贴一年的家用。他也是一个

'漏斗户'主。"① 1962年，高晓声被调到武进县三河口中学担任高中部语文教师，学校也没有专门的教师宿舍，高晓声被安置在了一个阴森森的土地庙的西厢房里，在这里一住数年。1965年因多年的肺病，高晓声去苏州第一人民医院做了手术，抽去四根肋骨，切掉了一叶肺。待"文革"一起，高晓声的日子过得更为艰难。也正是在这样的情形下，他有了再次结婚的念头。1972年，经人介绍，高晓声与带着三个女儿的寡妇钱素贞结了婚，婚后不久，他们又有了自己的儿子。"重组了家庭，也重组了负担。光是吃饭，每年就得准备三四百元钱，才能从生产队称回口粮，而全家只有他每月能领少量的生活补贴费。每年年底，这笔钱的筹集就像千斤闸那样压在心头，逼得他像条'投煞青煞青鱼'，像条被围在网里心急慌忙乱蹿的青鱼。"所以，高晓声在《"漏斗户"主》中写陈奂生的那种生活的窘况，完全来自自己生活真实遭遇的感受。而在这样的生活过程中，曾经的作家高晓声已完全地转化成了一个地道的农民，他与陈奂生也可以说完全地融为一体了。对此，高晓声也曾坦言："不仅使自己成为农民，而且组建了一个地地道道的农民化家庭。这和所有的农民家庭一样，是公社、大队、生产队的一个细胞。我的家庭成员一样参加生产队劳动，一样投工、投资、投肥，一样分粮、分草、分杂物。家里的陈设和农民一样，有必备的劳动工具，有饲养的家禽家畜，有一份自留地需要经营。总之，农民生活中涉及的每一个角落，也都有我的印记。公社、大队、生产队的丰收和歉收，富裕或贫穷，措施正确或错误，干部作风正派或邪恶，以及一个政策所起

---

① 曹洁萍，毛定海. 高晓声年谱［M］. 南京：南京大学出版社，2017：78.

的作用好或不好，我同农民的感受都是共同的。我的命运和他们一样，我们的脉搏在一起跳动，我是农民这根弦上的一个分子，每一触动都会响起同一音调。"① 所以，正是有着这样的感同身受，他笔下才产生了如此生动而典型的当代农民形象陈奂生。《陈奂生上城》是"陈奂生系列"小说中的第二部，发表于 1980 年第 2 期《人民文学》上，后来获得了 1980 年全国优秀短篇小说奖。小说起笔一句："'漏斗户'主陈奂生，今日悠悠上城来"，这个"上城"也是高晓声彼时的一个转折与人生状态。1979 年高晓声得以改正错划"右派"，1979 年 9 月 11 日江苏省革委会人事局下发了第 2159 号文，内容便是调高晓声回江苏省文联工作，高晓声又回到了南京。"我写《陈奂生上城》，我的情绪轻快又沉重，高兴又慨叹。我轻快、我高兴的是，我们的境况改变了，我们终于前进了；我沉重、我慨叹的是，无论是陈奂生们或我自己，都还没有从因袭的重负中解脱出来。这篇小说，解剖了陈奂生也解剖了我自己。"② 陈奂生"上城"，高晓声"返城"，那一个"悠悠"道出的正是高晓声彼时的心情。

---

① 高晓声. 曲折的路 [J]. 四川文学，1980 (9)：72.
② 高晓声. 高晓声文集，散文随笔卷 [M]. 北京：作家出版社，2001.

第八章　邵燕祥归来后的人生实录：《沉船》《一个戴灰帽子的人》及其他

20 世纪 90 年代中后期以来，邵燕祥陆续出版了《沉船》（上海远东出版社 1996 年出版）、《一个戴灰帽子的人》（江苏文艺出版社 2014 年出版）、《人生败笔——一个灭顶者的挣扎实录》（河南人民出版社 1997 年出版）、《找灵魂——邵燕祥私人卷宗：1945—1976》（广西师范大学出版社 2004 年出版）、《〈找灵魂〉补遗》（广东人民出版社 2014 年出版）五部著作，另有《跋涉者文丛·旧信重温》（武汉出版社 1999 年出版）、《邵燕祥自述》（大象出版社 2003 年出版）等书出版，这些著述形成了邵燕祥对自己被划为"右派"以来至改正错划期间的思想轨迹、人生轨迹以及相关的历史文献资料的一个记录和整理。这些著述每一本都记录了作者不同时段的经历和人生，同时也构成对历史不同的叙述维度，合起来形成一个立体、丰富的历史记忆，而这又成为中国当代一个在曾经的政治运动年代里被改造的知识分子的思想记录。在这些著述中，邵燕祥对当代知识分子思想改变的精神轨迹及心理认知，通过思想实录的方式进行了清晰的呈现。正因如此，这五本思想实录也便具有了重要的文献史料的价值，不论是收录其中的作者个人当年所创作的作品，还是当年在运动中批判自己的文章，邵燕祥都尽可能忠实收录下来，而这些本身便成为当代文学研究中不可多得的文献材料。为了能够记录和还原历史，邵燕祥没有回避个人在过往历史事件中的"不光彩"的言与行，一切发生过的，均作为对历史的一种尊重被记录，呈现给后人，从中也体现了一位曾经政治风云的知识分子对历史的担当。

第一节　《沉船》

《沉船》是邵燕祥的一部纪实文学，以向儿女讲述自己历史的口吻与方式，叙述自己在"反右"运动中如何被打成"右派"，以及自己和家庭所承受与经历的一切。全书包括《写给儿女——代序》《我死在一九五八》《罪与罚》《人怎样变成垃圾》《草草地结束》《〈沉船〉校后记》六个部分。《沉船》完稿于1981年3月。《江南》杂志在1993年第4期上全文刊载了这部书稿。后这部书被列入陈思和、李辉所策划的"火凤凰文库"，由上海远东出版社于1996年出版。

在书中，邵燕祥翔实地还原了自己1954年前后的处境、1957"反右"运动中的挨批经过，以及1958年自己被打成"右派"的全过程，并详细地讲述了在这一过程中自己的心理活动、思想认识。作者重在还原，重在对历史的呈现，尽可能忠实地记录历史过程及细节，并不着意于站在今天的视角去对过去进行点评，所以说《沉船》更像是一部坦诚"交代"自己"不光彩"的历史经历的作品,而对这一切,邵燕祥表态道:"我不乞求怜悯,也不乞求宽恕。因为一切都已成为历史。我只是叙述一段历史。我力求冷静和理智,少带感情色彩。不知为什么,我越来越感到,在严峻的历史面前,感情像是多余的了。"①

在书中的《我死在一九五八》这一部分中,邵燕祥抽丝剥茧般地回述着 1957 年年底自己开始受到批判,到 1958 年被划为"右派"这一过程中,自己彼时的心理感受。邵燕祥在这里并不专注于对事件的叙述,而是专注于事件过程中主体的内在感受与认识,侧重于对自我心理轨迹的还原和剖析。在书中,邵燕祥重新对自己当年做过的那些检讨进行反省,包括自己当年在受到批判时是如何进行所谓的触及灵魂的反省,在追忆自己当年经历一系列的批斗会的经历后,邵燕祥写道:"我们终于松了一口气。那是在宣告'斗争并没有结束'的斗争大会以后。至少对我放松了一点。因为我的病情已经足够填写死亡通知书,而无须再以各种手段叫我讲述自己的病史和自觉症状了。这样我就静候死刑判决,而据说这就意味着我的新生的开始。我怀着几分虔诚、几分迷惘,想象着自己的凤凰涅槃。虔诚,因为我相信我将在党和群众的帮助和指引下,从一条人生的歧路回到正道上来,再经过种种磨炼,从与党'两条心'变成'一条心',成为时代与生活所需要的新人;迷惘的是,恐怕事情不像凤凰涅槃那么简单,一烧了事,那些松枝、柴草,等待我去投身的火堆,也不知选在哪里,将会是一番什么景象。"②

① 邵燕祥.沉船[M].上海:上海远东出版社,1996:3.
② 邵燕祥.沉船[M].上海:上海远东出版社,1996:15-16.

在行文中，邵燕祥还大段地引入了当年自己写下的那些检讨文字，这既是对历史的还原，又是一种再反省。当年写这些文字是在遭受批判后或主动或被动的反省，而今天重新叙述这一过程，重新面对这些文字，重新梳理自己的心灵轨迹，是又一次的"反省"，是一位历史的亲历者，一个曾经有过"右派"经历的知识分子，对当年这一运动所施于裹挟于其中的知识分子们精神及心理上的磨难的一种回视与反省，是以他在书中感叹道："孩子们，你们现在十几、二十岁的年轻人，你们写过批判稿（那是抄的报上批林批孔文章），写过决心书（那是烂熟的一套），但是你们没有写过连篇累牍的自我检查，甚至看都没看过，你们不理解一个幼稚而真诚的革命者渴求改造、渴求修养得完善而表现出的狂热的自我批评。我会从任何泛泛地反右派、批判资产阶级思想意识的报刊文章中，画线，摘录，逐条地对照自己，寻找自己灵魂深处有哪些类似的哪怕是隐蔽的表现，深信越是隐蔽的、平时不经意的表现，越是可致决堤的蚁穴，贻害千古的隐患。"① 在《罪与罚》这一部分中，邵燕祥将反思的触角进一步延伸到"反右"之前，回顾自己在热血沸腾的 20 世纪 50 年代中期的思想轨迹。在书中邵燕祥写自己在 20 世纪 50 年代初期如何满怀热情投入社会主义建设事业，"我留恋一九五四年当工业记者的生活。那一年我是'11 次、12 次列车的常客'，我的足迹留在沈阳、抚顺、阜新、鞍山、长春，这一片工业基地的沸腾的岁月也在我的诗里留下脚踪。一九五五年初，从未来的武汉长江大桥钻探工地回来，留作内勤，整整一年没有离开北京了。在北京联系一些

---

① 邵燕祥. 沉船 [M]. 上海：上海远东出版社，1996：28-29.

工业部门, 参加会议, 看材料, 能够更多地看到全局, 了解领导部门的意向, 以至从行政的角度来看待诸多日积月累的恼人的问题"①。邵燕祥回顾自己那个时期的思想轨迹, 写那个时期自己如何投入火热的生活, 回顾自己那时写下的诗, 回顾合作化运动的开展、双百方针的推出以及整风运动大幕的拉开, 自己是以怎样的热情投入其中, 而所有的这些参与最终又是如何在"反右"运动中成为自己的"罪证"。1955 年, 邵燕祥写出了短诗《多盖些工厂, 少盖些礼堂!》, 正是有感于当时大兴礼堂建设风的现象而写。1956 年年初又写出了短诗《给一位工程公司的经理》, 是为工人群众的合理化建议遭到冷遇的现象而进行呼吁。还写出针对生活中的一些庸俗现象的讽刺诗《拍马须知》。1956 年下半年的整风运动中, 邵燕祥又写了《好官我自为之》《口碑》《"鸡毛""令箭"及其他》《为官容易读书难》等杂文。也是在这一年, 邵燕祥根据 1956 年 10 月 11 日《黑龙江日报》上的一个关于佳木斯园艺示范农场青年女工贾桂香, 受不住主观主义者和官僚主义者的围剿而自杀的报道, 写出了长篇叙事诗《贾桂香》, 这首诗发表于 1956 年 12 月 16 日的《人民日报》上。这一年的 12 月, 邵燕祥还写出了高度称赞王蒙的小说《组织部新来的青年人》的评论文章, 后发表于 1957 年 1 月号的《文艺学习》。在这篇评论中邵燕祥这样分析道:"在帮助党向一切销蚀党的战斗力的现象做斗争当中, 艺术文学起着十分重要的作用。灵魂的隐疾, 艺术文学可以把它透视出来。尽管患者啧有烦言, 为了治病救人, 医生还是要不怕说明真实的病状, 开出苦口的良药的处方。"

---

① 邵燕祥. 沉船 [M]. 上海: 上海远东出版社, 1996: 69.

"愿意有更多这样的作品出现，同时希望这样作品的作者时刻警惕：不要只抓住生活中的'问题'而忽略了生活本身——生活是在一个无限宽广的舞台上一幕一幕地轮换着，有宏伟的背景，有乐队的奏鸣，有悲有欢，有血有泪，并且也有吃到坏荸荠的莫名的愠怒，以至对于婚礼上的喧嚣轻微反感……生活！生活！只有站在生活的旋涡里，真正懂得生活的人，才谈得到干预生活。让我们消除生活中一切不健康的现象，让大家全都健康愉快地来做生活的主人。"① 而所有这些，在1957年的"反右"运动中都成为作者思想错误的有力证据。如果说《我死在一九五八》重点是讲述1958年邵燕祥被打成"右派"之际自己的心理感受的话，《人是怎样变成垃圾》一文则是重述1957年的自己，讲述在那一年自己怎样从一个紧跟形势，热情的参与者，一步步成为被批判的对象，到成为有罪之人，同时也真切地记录自己当年又是如何从思想深处最终认同了"右派"这一身份。

第二节 《一个戴灰帽子的人》

《一个戴灰帽子的人》是邵燕祥的又一部回忆录，在时间上与《沉船》相衔接。在这部书中，邵燕祥写的是从1959年到1965年，一年一章，共计六章。邵燕祥在书中以思想实录的方式，将自己在这六年中的人生轨迹进行了忠实的记录和还原。

---

① 邵燕祥. 去病与苦口 [J]. 文艺学习, 1957, (1).

一个戴灰帽子的人，这是邵燕祥对当年摘掉"右派"帽子后自己的政治身份的确认。"我们少年时加入了中共地下党外围组织，笑说我们戴上红帽子了，是自嘲更是自豪。20世纪50年代在反右派斗争后，在对我的处分决定中正式戴上'右派分子'这个政治帽子，不禁想起红帽子之说，转眼间'红帽子'变成了'黑帽子'。经过劳动改造，认罪检讨，被摘掉'右派'帽子，但人前背后还是被人叫作'摘帽右派'。于是悟出头上还有一顶有形无形的'灰帽子'。"① 正是带着这样的感悟，邵燕祥在书中倾诉了一个戴灰帽子的人置身于20世纪60年代前半叶的政治环境中的经历与感受。邵燕祥这一时期在中央人民广播电台工作，这里是宣传中心，邵燕祥以一个"摘帽右派"的身份置身于这样的工作环境中，使得他对那段历史有一种别样的感知：置身于政治运动的中心场域，但自身却又像是一个被冷落的旁观者，从而使得邵燕祥在那沸腾的历史岁月里能以一种内敛、冷静的心态去观看和体会那种喧嚣与狂热，以及去细细地感受政治大风暴是如何一步步地到来。所以在《一个戴灰帽子的人》的叙述中，我们处处感受到的是一个在政治上已靠边的人，一个已失去政治参与主动权的人，一个随时可能被审查的人，在20世纪60年代那个"高歌猛进"时代氛围里的"冷眼旁观"："凭第六感，我就知道虽然回到了北京，虽然是一起劳改的同案们十分羡慕我摘了帽子，且回归原单位，但绝不是'前度刘郎今又来'，而是'可怜俱是不如人'，只能承认现实，不要妄图有什么作为，具体地说也不要再写什么打算发表的作品。写还是要写的，写给自己

① 邵燕祥. 一个戴灰帽子的人 [M]. 南京: 江苏文艺出版社, 2014: 7.

看，练笔，不要把笔搁生了，这毕竟是我从小的选择啊。"当然，正因为是写给自己看，反倒使得这种写不必按着"中心任务"来写，从而有了些许"小我"的意味，"既然不为发表，不为迎合时势的需要，我就可以写我生活中的小感触，不受题材的拘束"①。也是在这种写作中，邵燕祥对创作有了个人的体悟，一点点地从自己当初的那种政治性的写作中走了出来。"又过了几十年，我才从自己的写作实践中悟到，在我心目中不再横着所谓领导和书报检察官，同时也不再晃着'广大读者'的身影的时候，一意孤行地写我自己所要写，甚至仅仅为了写出来，写出来哪怕只给自己看，这才能写出好诗。"②

邵燕祥在书中不仅追溯着自己当年的心路历程，同时也从自己的视角，记录着自己对彼时时事及事件的感知和认识。当年被划为"右派"后，邵燕祥被下放到渤海边的黄骅中捷友谊农场进行劳动。1959年秋，邵燕祥回到中央人民广播电台，被安排在文艺部资料室工作，其中半天在北京广播学院的汉语教研组上班，给大一的学生任汉语辅导教师。后来又到了台里的说唱团，帮助相声组记录传统相声。与老艺人侯宝林、郭启儒、郭全宝、刘宝瑞，以及当时的年轻演员马季、于世猷一起工作。邵燕祥在书中记录了自己在相声部工作的这一段时间的见闻，记录了这些艺人的情状，以及在当时的环境下，相声的生存与革新，这些都具有十分重要的史料价值。同时在书中也写了进入三年严重困难时期后，自己当时对广大农村所遭受的灾难的严重性认识十分幼稚。"我们当时竟以为，广大农村的

---

① 邵燕祥. 一个戴灰帽子的人 [M]. 南京：江苏文艺出版社，2014：12-13.
② 邵燕祥. 一个戴灰帽子的人 [M]. 南京：江苏文艺出版社，2014：13.

境况会比我们城里人强得多，理由是他们不但有自留地，还可以利用宅旁园地莳弄些瓜菜，领导号召的瓜菜代，他们实行起来比我们得心应手啊！"① 邵燕祥在文中一边叙述自己当时的工作及生活状态，一边也记述了自己当时的思想状态，对自己彼时的思想认识的局限性进行反思和追问，"那时中国绝大多数人都是耳目闭塞的。顶着'摘帽右派'身份、息绝交游的我尤甚。强制施行的思想改造，不只是改造一些思想认识，改变一些既有的看法，灌输一些'政治正确'的观点，而且改造着一个人的精神世界"②。

在书中邵燕祥一方面写自己，同时也写家人，写同事，写友人，追忆当年琐事，记录时代的印迹。同时也写自己当时的思想轨迹，以及对时事的见闻、认识和感受。如他写了 1960 年起自己和陈道宗帮柳荫起草改进音乐广播和整个文艺广播的方案，还编写过一些音乐作品。在主管文艺广播的柳荫的关照下，环境相对宽松，工作也很安稳。邵燕祥详写了那时与好友吴小如、萧琦的交往，以及彼此之间难得而珍贵的友谊。1961 年年底，在柳荫的关照下，邵燕祥从表演团体办公室调到了中央广播电视剧团办公室。1962 年 6 月号的《上海文学》上发表了邵燕祥的小说《小闹闹》。同年，应《人民文学》杂志之邀，在是年的 3 月号上，邵燕祥发表了两首诗《夜耕》和《灯火》，这两首诗都是在黄骅农场劳动时所作。整个的形势似乎有所松动，1962 年年初的"七千人大会"也传递出了这种松动的信号，但多少人的劫难也正是在这起伏不定的政治局势中埋下了伏笔。邵燕祥忆及当年自己的处境："如果当时有人代表组织让我写自我辩

---

① 邵燕祥. 一个戴灰帽子的人 [M]. 南京：江苏文艺出版社，2014：41.
② 邵燕祥. 一个戴灰帽子的人 [M]. 南京：江苏文艺出版社，2014：52.

护的材料，我未必不会像新华社戴煌那样搞起书面申诉来。许多年后我听说，老戴是听了社长吴冷西的动员才申诉的，但风一变，就说他闹翻案，又弄到山西省监狱里关了十几年。幸而我们这里的领导沉得住气，没找我，使我躲过了这一劫。"① 也是在这一年，邵燕祥所写的剧本《叶尔绍夫兄弟》由中央实验话剧院开始改编和排练，但戏剧最终因国际形势的变化以及反修大局的需要而一波三折。邵燕祥通过这一叙述呈现了在那样的时代，一个个体是如何深深地嵌入当时的政治生活中。邵燕祥当时写完这个剧本后经层层上报，得到周扬的批复，准许排练，以配合反修的大局。1963 年，在剧团的支持下，邵燕祥和同事一起负责将山西作家胡正的小说《汾水长流》改编成剧本，登五台山，访云周西村，也有了与马烽、胡正、公刘等人的碰面与交往。而这些创作，都是当年配合时政的要求所写。忆及这些事，邵燕祥这样剖析了当时的自己："实际上我这个个体此时已纳入了全社会'反修'的轨道，我指的是参与《叶尔绍夫兄弟》一剧的剧本改编，不管我自己是从什么角度介入，它是由中宣部（中共中央宣传部）作为配合十中全会决议开展国际反修斗争而安排的剧目，又是经过写'反修'大文章（批判赫鲁晓夫'现代修正主义'，成组的有九篇，故习称'九评'）的那个班子的审查认可，我也已经是一个推波助澜的马前卒而不自觉。"② 正是在这样的叙述中，邵燕祥抽丝剥茧般地剖析着自己当年的心路历程，努力去还原一个"戴灰帽子"的"右派分子"的思想改变过程，无所保留，无所回避，正因如此，这种叙述具有了一种难得的灵魂剖析的

---

① 邵燕祥. 一个戴灰帽子的人 [M]. 南京：江苏文艺出版社，2014：116.
② 邵燕祥. 一个戴灰帽子的人 [M]. 南京：江苏文艺出版社，2014：173-174.

力度，而这也正是《一个戴灰帽子的人》这本回忆录的价值所在。

第三节　《人生败笔——一个灭顶者的挣扎实录》

该书列入李辉主编的"沧桑文丛"的第一批书目，由河南人民出版社于 1997 年出版。书中收录的是 1966 至 1970 年间邵燕祥所写下的交代材料，包括在受审查批斗时所写的检讨、思想汇报，批斗会的简要记录。可以说，在这本书中邵燕祥把自己从 1960 至 1970 年这十年间能够记录自己当时思想轨迹的文字都收录了进来，而这些文字，真切地还原了彼时一个改造中的知识分子的精神状态和心理状态。正如邵燕祥所言："书里保留的这些文字材料，可以视为当时的流行文体——检讨交代、大批判、大字报等的一份标本。这里从一个案牍小吏、文字工作者，又是'摘帽右派'的角度，反映了这样一场大规模政治运动中一部分无力掌握自己命运的人的挣扎，提供了正史所不可能提供的细节。"①

在《人生败笔》的序——《为什么编这本书？》中，邵燕祥谈了自己编写这样一本书的出发点："编这本书，既不是在为个人哓哓不休地辩诬，更无须纠缠于一个单位运动中各阶段各个组织和个人的是非功过了。""在我，无论违心的或真诚的认罪，条件反射的或处心积虑的翻案，无论揭发别人以划清界限，还是以攻为守的振振有词，今天看来，都是阿时附势、灵魂扭曲的可耻记录。在我，这

---

① 邵燕祥. 人生败笔：一个灭顶者的挣扎实录［M］. 郑州：河南人民出版社，1997：7.

是可耻的十年。也许可以说，直到今天面对这可耻的记录，我才真的触及了灵魂。"① 题名《人生败笔》，对一个诗人，一个知识分子而言，这些荒谬历史时代的荒谬文字，照出的是人格的扭曲、人性的丑陋，但作者没有回避这一切，而是原样呈现，任人评说。

与《人生败笔》同样的编写逻辑，《找灵魂——邵燕祥私人卷宗：1945—1976》于 2004 年由广西师范大学出版社出版，本书收录的是作者从 20 世纪 40 年代到 70 年代发表或未发表的文学习作，同时还穿插收入了一些当年自己在政治运动中所写下的诸如思想汇报、检讨、交代等文字材料。对于编这样一部书的目的，邵燕祥谈道："于是我决心把那些卷宗里带着深刻时代烙印的旧作编成一本书。但它不是一份文学读物，而是一份知识分子改造史的个案。"

作为一个曾经真诚地接受改造的知识分子，邵燕祥深知正是在当年所创作的那些作品里记录着自己思想改变的心理轨迹，所以这样的一种作品集，同时也便是一个个体的思想改变史，在反顾那个时代时，邵燕祥指出这种个体反思的意义所在："我们经历了一个充满偏见的时代。任何时代都有偏见，但把权力者的偏见通过课本、报刊及各种宣传品包括文艺形式的宣传材料，以至通过会议、文件等指令性的方式，强加给大多数人，则是特定的体制下所独有。"② 所以说，找灵魂，是因为灵魂曾经丢失，而这丢失恰恰是在自己自认为最为真诚地交出自己的灵魂时所发生，所以邵燕祥说道："我们

①　邵燕祥. 人生败笔：一个灭顶者的挣扎实录 [M]. 郑州：河南人民出版社，1997：1.
②　邵燕祥. 找灵魂：邵燕祥私人卷宗：1945—1975 [M]. 桂林：广西师范大学出版社，2004：11.

曾经被欺骗,我们也曾互相欺骗。我们不能再欺骗后人了。在我出版收录了包括检讨交代揭发汇报等私人档案的《人生败笔》后,有好心人以为是'自毁形象'。但我在再一次披阅旧日卷宗时,从文学写作的追求与失落入手,却发现了一个整个人格扭曲蜕变以至丧失良知的轨迹,这如此深刻地发生在自己身上,虽不完全意外,仍然十分震悚。我以为,以真相和本色示人,强似苦心孤诣以角色面具装扮和美化自己。既然已经悟到过去一个历史时期内的自欺欺人之可悲,那么,除了遵循求真和求实的原则,还有什么能在有生之年减少新的遗憾呢。"①

---

① 邵燕祥. 找灵魂:邵燕祥私人卷宗:1945—1975 [M]. 桂林:广西师范大学出版社,2004:11—12.

第九章　刘绍棠的"返乡"写作及其 大运河乡土文学体系的建构

第一节　返乡期间收获的三部长篇小说

　　1966 年 7 月，刘绍棠离开北京回乡务农，这一去便是 13 年的时间，直至 1979 年被改正错划"右派"后才又返回京城。刘绍棠的家乡是大运河畔的通县儒林村，这是他的出生地。刘绍棠生于 1939年，在家乡他度过了自己的童年。1948 年 11 岁的刘绍棠以"头名状元"的名次考入北京二中。刘绍棠是年少成名，13 岁时便在《北京青年报》上发表作品，15 岁时在《河北文艺》做编辑，16 岁在《中国青年报》《天津日报》等报刊上发表《红花》《青枝绿叶》《摆渡口》《大青骡子》等小说，一时被称为"神童"，也因此成为团中央重点培养的对象。作为全国知名的作家，刘绍棠一直被家乡人视为骄傲，所以当刘绍棠因在政治上落难而返回儒林村时，得到的是多情重义、勤劳纯朴的父老乡亲的倾心照顾，这使得他在回乡居住的 13 年中，不仅没有遭受多少磨难，而且还能抽出时间来继续从事创作。

通过相关回忆录等资料可以了解到，刘绍棠回到故乡后，在起居、饮食、穿衣等方面有表姐唐静如和从小就照料过他的丫姑的关照。"居住乡野十几载，绍棠从不为吃菜犯愁。头茬韭菜，头茬黄瓜、茄子、豆角儿，最先尝鲜的准有绍棠一个。生产队敲钟卖菜了，绍棠用不着自己到菜园去买，卖菜姑娘杨广芹把鲜嫩清香的蔬菜，送到他的锅台上。在一人每年只能分一二斤油料作物，家家户户的铁锅因为长期无油做饭炒菜总要下锈的年代里，一两油都是十分宝贵的。有的叔叔婶婶杀了猪，宁愿自己少吃，也要给绍棠送上一块大油或肥肉。有的嘎小子在池塘里、河汉子里捞出几条鱼，都不往家拿，而是乐颠儿颠儿地送给他们的大哥刘绍棠。"① 不只是在吃住方面照顾他，村里人没有一人真心把刘绍棠当作一个劳动力对待，为了照顾他的体力，村干部就分配他一个人独自放牛、看场院等，这种活不用大力气，干多干少都可以，十分自在。所以，刘绍棠返乡的这 13 年尽管生活上相对清贫，但正面的冲击几乎没有，正是在家乡父老的关照下，使他能于动荡岁月里创作出三部长篇小说，即《地火》《春草》和《狼烟》。

1966 年回乡务农后，刘绍棠在蛰伏一段时间之后，又开始重拾残稿，继续他的长篇小说的创作。"当我大乱入乡，几经磨难，准备写作《地火》，翻检这五分之二的残稿时，年纪已经大了几岁，稍微

---

① 郑恩波. 刘绍棠全传 [M]. 北京：文化艺术出版社，2006：212.

有了一点自知之明，承认自己对于原来的创作意图是力不胜任的，决定打消原来那大而无当的念头，把残稿分割和拆卸成三部分，重新为各自独立成篇的三部长篇小说。"①

刘绍棠在残稿的基础上动笔写的第一部长篇是《地火》，时间是1971年10月。在自己又提笔创作的同时，刘绍棠还给当时在劳改农场改造的作家从维熙去信，鼓励对方也抓紧时间开始创作，在信里他写道："工作之余，练笔写作，是不可停辍的。只要我们有一颗为党和人民出力报效的滚烫的心，将来总会有机会的。祖国繁荣昌盛，我们自然有用。"② 从中可见，刘绍棠在此时已对不久的将来会重返文坛有了十足的信念。至1975年3月，刘绍棠完成了《地火》的初稿。这部作品脱胎于前面所提到的那部百万字小说的残稿，主要是描写解放战争时期共产党领导莒花沽沿岸村庄的农民和兰渚县城内的知识分子在敌人的心脏地区展开武装斗争的故事。

《地火》完成后，刘绍棠紧接着就开始创作另一部长篇小说《春草》，回顾当时创作这部小说时的情景，刘绍棠写道："《春草》刚动笔时，还没有想出题目。我写出最初几章，一九七六年一月八日，我和全国人民一样陷入无比的悲痛之中，而我这个贱民，悲恸中更感到无依无靠的绝望。但是一月十五日，北京十里长街百万群众为总理送葬，这运行奔突于地上的地火，使我又看到了光明，萌发了希望。我想到鲁迅先生的诗句：'血沃中原肥劲草，寒凝大地发春华'，很能表现我此时的心境，也很能概括我这部长篇小说的内

① 北京市通州区档案馆. 刘绍棠年谱［M］. 内部资料，2006：108.
② 郑恩波. 刘绍棠全传［M］. 北京：文化艺术出版社，2006：238.

容，于是取'春草'为题。"① 小说《春草》完稿于 1977 年 2 月。这部作品是以作者的母校通县潞河中学 20 世纪二三十年代的革命斗争史为背景，展示了五四运动以后一代知识分子的历史命运和心态。重点写这些知识分子在革命风潮的激荡下，返回家乡建立革命武装，领导农民开展革命斗争。关于小说中这些故事的来源，刘绍棠一是从记事起听家中长辈所讲，如有关"一二·九"运动的学生领袖董毓华成为京东抗日军司令员的故事，以及另一位"一二·九"领袖白乙化领导京北和京东军民英勇抗日的事迹，另一方面便是通过阅读相关的历史书籍和材料获得。"我从许多与京东革命斗争有关的回忆录中，发现一鳞半爪，片言只语，竟然构成了一个轮廓。而且，我从当时的旧杂志和旧报纸上，获得了不少具体的史实和生动的形象。例如，我从敌人的报纸上看到关于几位普通共产党员慷慨就义的描写，剔除其反共谰言和人身污蔑，却可以看见这些共产党员在押赴刑场的游街路上，不仅仅高呼革命口号，而且也嬉笑怒骂，各有特色；他们虽然视死如归，但是跟亲人诀别时，也难舍难离，悲痛万分。因而使我感到他们有血有肉，栩栩如生。"②

　1977 年年底刘绍棠完成了自己蛰伏家乡期间所创作的第三部长篇小说《狼烟》，谈及这部作品的风格特点，刘绍棠说道："《狼烟》也和《地火》《春草》一样，虽然写的是烽火连天的年代的故事，却没有什么惊险曲折的情节。一方面是因为我没有亲身参加过血与火的战斗，硬写是写不好；另一方面，也因为我比较喜欢写情，不

① 北京市通州区档案馆. 刘绍棠年谱［M］. 内部资料，2006：117.
② 郑恩波. 刘绍棠全传［M］. 北京：文化艺术出版社，2006：229-230.

大喜欢写事。苦难和战乱岁月中的人情，是极其珍贵和极其感人的。'武戏文唱'的写法，给人以萦怀的情思和永久的回味。"① 上述三部长篇小说的完成，既可以说是刘绍棠 20 世纪 50 年代开始文学创作的一个阶段性的总结，同时也为他此后的乡土文学创作奠定了基础，有着承上启下的作用。正如刘绍棠自己所言："十年浩劫，前辈和同辈作家们在牛棚、监牢和'五七'干校里饱受煎熬，而我却吉人天相，匿居乡里，得到乡亲父老兄弟姐妹们的爱护、宽容、优待和救助，没有挨打，没有挨批，没有挨斗，没有受着罪，血雨腥风没有洒到我身上一点，并且从精神崩溃状态中复苏，休养生息，振作奋发起来，写出了《地火》《春草》《狼烟》三部长篇小说。"②

第二节　"复出作"：短篇小说集《蛾眉》

《地火》《春草》《狼烟》三部长篇小说虽然是刘绍棠在多年搁笔之后的 1971 年至 1977 年间所创作完成，但这三部作品的来源却是 20 世纪 60 年代初完成的一部长篇小说的残稿，它们更多地与 20 世纪 50 年代刘绍棠的创作有着密切的联系。刘绍棠真正意义上的复出作应是 1982 年花城出版社出版的短篇小说集《蛾眉》，这是刘绍棠复出后出版的第一部小说集，收录有刘绍棠 1978 年至 1980 年所写的 11 篇短篇小说，这些作品正是刘绍棠在"文革"后复出文坛之际所创作完成。

---

① 北京市通州区档案馆. 刘绍棠年谱［M］. 内部资料，2006：121-122.
② 刘绍棠. 我是刘绍棠［M］. 北京：北京十月文艺出版社，2018：215.

在进入对小说集《蛾眉》的解读之前，我们先稍稍回顾一下刘绍棠的改正错划复出之路。1977 年 5 月，身在儒林村的刘绍棠已强烈地感觉到了形势的变化与复出文坛的可能性，于是他给胡耀邦去信，汇报了自己返乡务农的这二十多年来的思想状况和创作近况，这也是自被划为"右派"后他第一次给胡耀邦去信。胡耀邦很快回了信，信中对刘绍棠再回文坛的前景给予了热情的鼓舞："他热烈地鼓励我，又严格地要求我。他不赞成把作品交给文艺领导人批准和评论家捧场，而要交给人民去鉴赏和评论。他谆谆告诫我要继续埋头苦干，而不要追求暂时和廉价的虚荣。他的教诲，使我严肃地考虑人格和文格的问题。"① 至此，刘绍棠改正错划复出的大幕已渐渐拉开。1978 年秋天，《北京文艺》的编辑石丛在通州籍作家王梓夫的陪同下，到儒林村找到刘绍棠向他约稿，《北京文艺》也成为自刘绍棠被划为"右派"以来第一个向他约稿的刊物。紧接着，为刊发刘绍棠的作品，《北京文艺》编辑傅雅文与作家王梓夫到通县有关部门为刘绍棠作品的发表请准盖章。编辑石丛回忆当时的情形："按当时规定，发表作品要填写作者调查表，由作者所在单位签字盖章后作品才能发表。鉴于刘绍棠当时的情况，怕把表寄出去不牢靠，编辑部特派了老党员、老编辑傅雅文大姐亲自去办这件事。傅大姐还邀上了王梓夫。但是，到县有关部门人家不给盖章，到儒林村所在的郎府公社也不给盖章，最后两人跑到儒林村找大队革委会才给盖了个章。"② 1978 年 12 月，《北京文艺》在通县西集公社举办了一个"努力反映社会主义现代化建设——小说诗歌业余作者座谈会"，邀

---

① 刘绍棠. 乡土与创作 [M]. 长春：吉林人民出版社，1982：107.
② 北京市通州区档案馆. 刘绍棠年谱 [M]. 内部资料，2006：125.

请刘绍棠参加，也是有意为刘绍棠创造一个好的环境。1979 年 1 月，中宣部派车去儒林村接刘绍棠回北京。1 月下旬，团中央对原来本系统的"右派"错划问题做出了处理。1 月 27 日《中国青年报》在第一版刊载了长文，对这一消息进行了报道，刘绍棠就此改正错划"右派"。1979 年 2 月，他的小说《地母》在《北京文艺》上发表了出来，接着小说《含羞草》《藏珍楼》《蛾眉》《碧玉》等陆续也发表了出来，最后汇聚而成的正是这里重点谈及的小说集《蛾眉》，其中的作品集中地体现了复出文坛之际刘绍棠的创作情况。

收录在小说集《蛾眉》中的 11 篇小说集中地创作于 1978 年至 1980 年间，包括作品《含羞草》《地母》《燕子声声里》《藏珍楼》《起来行》《芳草满天涯》《十步香草》《蛾眉》《故园》《头顶着高粱花的孩子》《碧玉》等。总体上来看这些作品呈现出两个方面的特点：首先，作品主要表现出在周总理去世后的一段时间里，忠与奸、正与邪、善与恶之间的较量，其故事内容及主题有着强烈的时代性，体现出一定的配合当时揭批"四人帮"的政治形势而写作的倾向，在人物形象的塑造上也有一定模式化的痕迹，而在故事情节的设置方面则具有一定的传奇性。其次，这些作品大多讲述在动乱年代里，受到冲击的干部、老革命、知识分子回到乡村后受到村民保护的情形，而这一方面，则与刘绍棠自己在动乱年代里的经历有着直接的关系，可以说是借小说来抒写自己的切身感受与体会，同时也把一种对家乡人所给予自己无私关爱的感激之情表达了出来。小说《含羞草》的主人公谷旸是某研究院的科研工作者，"文革"中他被打为"反革命"，在他回到家乡后，得到了合欢父女及众乡亲们的精心关照和保护。而且通过对谷旸与革委会副主任女儿柳莺及乡间女子合欢的感情纠葛的叙述，热情地歌颂了合欢那种正直、善良、纯朴、美丽的心灵世界，也借此对极左路线下所暴露出来的那种自私、功利、邪恶、黑暗、丑陋的人性进行了批判。小说《地母》则将故事的时间背景置于 1976 年 9 月 29 日至 1976 年 10 月 6 日这不到一个月的特殊的时间点，着重写萝州市市委书记曲文星与革委会副主任冯长乐对原市委书记、老革命杨仲芳的迫害，也写出了在这场正与邪的较量中，杨仲芳如何在女儿杨忆难以及老党员忍冬奶奶的帮助下，不畏黑暗，坚守信念，把一位老革命、老共产党员的坚强、刚毅与不屈书写了出来。而小说《燕子声声里》与《起来行》均是以主人公的感情故事作为线索，重点把觉醒了的青年一代对极左路线的反抗表现了出来。小说《藏珍楼》讲的则是"文革"中北京大学图书馆专业毕业的远秀峰被戴上"白专"的帽子，先是被关牛棚，后又下放到"五七"干校进行劳动改造，其间在同为难友的原共青团县委书记何柳春的鼓励下，自认为已是"废品"的远秀峰重新振作起来，于逆境中利用自己当废品回收员的机会，与恋人俞兰枝一起自掏腰包，把在运动中许多被当成废品处理的珍贵的书籍买下后保存了下来，并最终在"文革"结束后使这些图书重见天日，回到了图书馆中。小说《芳草满天涯》发表于 1979 年第 9 期的《北京文艺》，讲的是被打为"走资派"的老干部谷铁铮与因华侨身份而被戴上"里通外国"帽子的科研人员戈弋一同从牛棚出来后被下放到农村进行劳动改造，在那里，他们得到了村里正直善良的姑娘碧桃的倾心关照和帮助。尤为难能可贵的是，在戈弋后来被关押入狱后，碧桃不避闲言碎语，独自帮助戈弋抚养他年幼的孩子，担起了作为母亲的全部职责，并一直将孩子抚养长大，动人故事的背后，更是碧桃那感动人心的善美的心灵世界，这也正是刘绍棠在这告别昨日、春回大地的时刻，于创作中所带给人们的最为宝贵的东西。小说中所述及的那些受到冲击的主人公，不论是革命干部、知识分子还是归国华侨，他们都表现了一种不畏强暴、爱憎分明、刚正不阿的斗争精神，而那些在他们危难之际施以援手的乡亲父老，更是把来自乡土民众身上的那种质朴、淳厚、正直的人性之美展现了出来，而这一切又都是一个历经劫难的民族在疗伤和复苏之际最为渴望的精神品质。

收入小说集《蛾眉》后面的四篇作品都有一个"瓜棚柳下杂记"的副标题，与前述作品中的那种较为明显的伤痕、反思文学色彩相比，后面的这四篇作品则散发出浓浓的乡土文学的韵味，而这正是刘绍棠在经历短暂的复出期写作之后为自己所确立的一个文学发展的方向。

后四篇小说中的第一篇题为《蛾眉——瓜棚柳下杂记之一》，小说是讲运河边细柳营村的人们因生活贫困很难讨到媳妇，村民唐二古怪为给儿子唐春早成家，以立下欠款文书抵押房产的方式将马国丈从四川贩回的农村姑娘凌蛾眉领回了家中。不承想儿子唐春早一方面同情蛾眉的遭遇，一方面也尊重蛾眉的学识与人品，不愿违背蛾眉的意愿与她圆房，反倒是鼓励有着高中学历的蛾眉重新读起书来，同时想办法帮助蛾眉找机会回到故乡。小说的结尾写，随着"文革"结束后高考的恢复，唐春早和蛾眉分别考上了北京和四川的大学。小说围绕运河边乡村青年的婚姻现象，刻画了一位被贩卖到当地的四川农村女孩蛾眉这一形象，写了她不幸的人生遭遇，也写了她的聪明、要强、独立和不屈。这篇小说后获全国优秀短篇小说奖，这也是刘绍棠复出后第一个获奖的作品。

小说《故园——瓜棚柳下杂记之二》的背景是抗战爆发前夕，主人公任采苹是归国华侨任正己的独生女，她是法国里昂一所医学院的学生，随父母回国省亲之际在家乡运河边一所美国教会开办的医院里实习。正是在实习中，结识了在这里就医的孕妇阳春姐。后来任采苹得知，阳春姐曾是长城塞外一支绿林马队的女当家，与中共察绥抗日同盟军代表邵南冠结为夫妻后率部投身革命加入了同盟军。阳春姐后因叛徒出卖而被国民党逮捕，牺牲前将刚刚产下不久的儿子托付给任采苹，并给她留下了一个将来儿子与自己丈夫相认的信物——碧玉簪。最终，在抗日的炮火硝烟里，任采苹与邵南冠并肩作战，结为夫妻。阳春姐牺牲前托付的儿子由任采苹的父母带到法国抚养，他们一大家最终在中华人民共和国成立的礼炮声里于北京相聚。小说将革命斗争、英雄颂歌与绿林传奇融合在一起，故事性强，但不足之处是推进较快，显得粗略，不够精致，而这也是刘绍棠后来放弃短篇小说创作的一个原因。

小说《头顶着高粱花的孩子——瓜棚柳下杂记之三》在题材上较为特殊。刘绍棠的作品多写乡土，这篇小说却是写都市生活景象的。小说中的主人公芦放白是从运河滩来的北京大学分校走读生，在参加完高考后，一次偶然的机会他结识了不务正业的城市青年马丽莉和康德尔。马丽莉母亲侯凤兰在"文革"中靠造反起家，长期占据着一位原归国华侨的大院子。得知芦放白的身份后，侯凤兰热情邀请芦放白搬到自己的家住宿，一则因着芦放白大学生的身份，另一则也为自己能继续占有大院而寻找合理的借口和资格。小说正是通过芦放白的视角来写他眼中的都市人以及都市的生活。"芦放白的目光，从墙上落到地上，这才看见，马丽莉身穿一件音乐晚会女歌唱家的拖地长裙，胸前一朵塑料红花，刚才正抱着拳头歌唱；伴奏的是仰躺在沙发上的康德尔，两条腿搭在沙发扶手上，剪掉了的披肩长发，烫成了满头菊花顶，刮掉了两撇小黑胡子，蓄起了满腮虬髯。"① 小说写于1980年，可以看到，在彼时的城市生活中，虽然昨日政治运动的痕迹还没有完全消退，比如，侯凤兰一家还占着"文革"中利用造反的机会而获得的归国华侨一家的院子，但那种五光十色的现代都市生活已迎面而来，作者虽然是带着不屑的口吻去描写这种象征着腐朽堕落气息的生活方式，但毕竟可以从中感知到那种进入改革开放后急剧变化的生活景象。

小说《碧玉——瓜棚柳下杂记之四》则以唐山大地震为背景，写碧玉大嫂和女儿甜心相依为命，住在运河边的村庄绿云塘。女儿甜心搭救了从唐山到北京汇报工作的地震工作者邢橹，而邢橹正是碧玉的前夫、甜心的生父。当年邢橹与碧玉是父母包办的婚姻，而邢橹考上大学后有了新欢就与碧玉离了婚。不承想却在这样的时刻，以这样的方式相遇重逢。最终，碧玉因着邢橹不顾个人安危而专注于地震测量和上报的努力而感动，她最终选择了原谅邢橹，并在最危难之际无私地去收留和帮助这个曾经伤害过自己的人。

从上述作品中可以看到，在刘绍棠复出之际所创作的小说中常常会出现一个包容、担当、果敢、坚毅、独立的乡村女性形象。她们在男主人公落难时倾力相助，在男主人公发达时，却默默远离，

---

① 刘绍棠. 蛾眉 [M]. 广州：花城出版社，1982：189.

如地母一般，崇高、无私、圣洁，这一形象在他作品中的普遍存在与刘绍棠自己的亲身经历有关。从 1966 年 6 月返乡至 1979 年 1 月改正错划回京，刘绍棠在家乡度过了 13 个春秋。在他落难蛰伏家乡通州区儒林村期间，许多乡亲给了他竭尽所能的关照，其中一位被刘绍棠称为丫姑的乡村妇女，更是给予了刘绍棠无微不至的关怀和照料。丫姑曾是一个贫农家的童养媳，在刘绍棠幼年时曾陪伴他长大。丫姑世代贫农，嫁的丈夫是共产党员，又是村里的贫协主席，在那个讲究政治出身的年代里，可谓根正苗红。正因为这一层，在"文革"中，不论是造反派，还是军宣队，都对丫姑一家敬畏几分，也因着这层关系，丫姑在那个动荡的岁月里，给了刘绍棠竭尽所能的关照。正如刘绍棠所说："我被划了'右'，沦为不可接触的贱民，丫姑却又表现出她那侠肝义胆的品格。最难忘 10 年内乱中，她给过我许多保护和帮助。"① 也因如此，刘绍棠在自己后来创作的多部作品中的女性人物形象的身上都留下了丫姑的影子，如《蒲柳人家》中的女主人公童养媳望日莲以及《碧玉》中的碧玉大嫂，都可以说是以丫姑为原型而创作出来的。另外，还可提及的便是丫姑的女儿桂香，大名杨广芹，比刘绍棠小 15 岁，刘绍棠回乡后，常去丫姑家做客，与杨广芹交往甚深，并和她结下了难得的兄妹之情。在刘绍棠大乱还乡期间，杨广芹给了他生活上的照顾，精神上的安慰，在事业上也给予他鼓励，是他精神上最重要的动力。在那样的环境和处境下，杨广芹在刘绍棠的生活中无疑是十分重要的，甚至成为一种精神支柱，使得刘绍棠能在精神上不被压垮，生活上也较为安宁，

---

① 刘绍棠. 我是刘绍棠：刘绍棠自白［M］. 北京：团结出版社，1996：202.

可以说于物质生活、精神生活、情感需求上对刘绍棠都是一种难能可贵的支持。"文革"中，正是在杨广芹的督促和鼓励下，刘绍棠写出了《地火》等长篇小说，使得自己在动乱岁月里有了一份宝贵的收获。正如儒林村村民宋凤成回忆："我个人觉得刘绍棠能有这么大的成就，出版了那么多的小说，肯定与我这个姐姐（杨广芹）有很大的关系，可以说是至关重要的，他在儒林村时坚持创作，写了不少小说散文，我都有看过。我这个姐姐不但在精神上支持他，在生活上无微不至地关心他，给他顶住来自各方面的压力。"① 也正因此，在刘绍棠的许多作品中的女性形象身上也有着来自杨广芹的身影，"我的短篇小说《含羞草》里的合欢，《燕子声声里》中的雨前，中篇小说《芳年》里的黄莲儿，《两草一心》中的春雪，《绿杨堤》中的水芹，《乡风》中的桂香，都有她的影子；尤其是《二度梅》中的青凤，更是她的画像"②。刘绍棠去世后，2013 年，由杨广芹口述、沱沱记录的《心安是归处：我和刘绍棠》出版，在这部书里杨广芹详细地叙述了自己与刘绍棠之间非同一般的情谊，这同时也是研究刘绍棠在"文革"中的经历及创作状况十分重要的文献资料。

---

① 杨广芹口述，沱沱记录. 心安是归处：我和刘绍棠 [M]. 北京：当代中国出版社，2013：203.

② 刘绍棠. 我是刘绍棠：刘绍棠自白 [M]. 北京：团结出版社，1996：204.

第三节 《蒲柳人家》与刘绍棠的乡土文学

1980 年第 3 期的《十月》上刊发了刘绍棠的中篇小说《蒲柳人家》，小说通过聪慧可爱的乡村儿童何满子的视角，重点写美丽的乡村姑娘望日莲与革命青年周檎的爱情故事，也写了正直、热心、善良的"何大学问"夫妇的古道热肠与侠肝义胆，把运河两岸的田园风光与乡村淳厚质朴的生活图景融在一起，如诗如画，写出了诗情画意般的运河乡土人生。这篇小说在刘绍棠复出之后的众多作品中有着特殊的意义。首先，这是刘绍棠进入 20 世纪 80 年代后创作的第一篇作品。其次，正是从这篇作品开始，刘绍棠明确了自己的乡土文学方向，用他自己的话说："从一九八〇年一月创作中篇小说《蒲柳人家》开始，我决定致力于乡土文学的创作。"① "为什么要写《蒲柳人家》？一是为感恩图报，二是要走我的乡土文学之路。我前后在农村生活了三十年以上，而且主要是在我的生身之地的弹丸小村度过的。乡亲和乡土哺育我成人，乡亲和乡土救了我的命，乡亲和乡土待我恩重情深。"② 最后，这篇小说也最能代表刘绍棠乡土文学创作的风格与成就。

复出文坛之际，刘绍棠一方面振奋于能再次提笔创作，另一方面，他也为自己究竟立足于怎样的写作方向而焦虑。"一九七九年一月，我重返文坛。此时的文坛与我一九五七年离开的文坛对比，已

---

① 北京市通州区档案馆. 刘绍棠年谱 [M]. 内部资料，2006：137.
② 刘绍棠. 我是刘绍棠 [M]. 北京：北京十月文艺出版社，2018：214-215.

经面目全非，大不一样。文坛上的众说纷纭和世态炎凉，使我感到眼花缭乱，目瞪口呆。当年我走上文坛时是个头顶高粱花的农村少年，现在重返文坛又像个两腿泥巴的乡下老憨。"① 在经过一番认真思索之后，刘绍棠为自己确立了扎根乡土、书写乡土的文学方向，"人各有所长，各有所短，我在一个个强手面前，看到了自己的短处、劣势和局限性。比如，写干部我不如王蒙，写知识分子我不如宗璞，写士兵我不如王愿坚，写工人我不如胡万春，写劳改队我不如从维熙，写市井我不如邓友梅。但是，相对而言，我在写农民上比他们有优势。然而，农民也有强手。李准和浩然，对农民在整体上比我了解得透彻。于是，我便割据一方，写我的家乡。对于运河滩的农民，李准和浩然便不如我熟悉了。因而，我选择了从事乡土文学创作，正是扬长避短，充分发挥自己的优势，表现自己的特长"②。《蒲柳人家》正是刘绍棠在明确了自己的写作方向后第一篇重要的收获。

此后，从 1980 年至 1983 年，他全力创作中篇小说，共发表了27 部，分别收入了自己的四部中篇小说集中，其中，《蒲柳人家》《芳年》《两草一心》《二度梅》《鹧鸪天》《渔火》等作品收入了《刘绍棠中篇小说集》（湖南人民出版社 1981 年出版）；《瓜棚柳巷》《花街》《草莽》《荇水荷风》《蒲剑》等收入小说集《瓜棚柳巷》（吉林人民出版社 1983 年出版）；《鱼菱风景》《草长莺飞时节》《小荷才露尖尖角》《绿杨堤》《柳伞》《花天锦地》《吃青杏的时节》《村姑》等收入小说集《小荷才露尖尖角》（花城出版社 1984 年出

---

① 北京市通州区档案馆. 刘绍棠年谱［M］. 内部资料，2006：130.
② 刘绍棠. 我与乡土文学［M］. 沈阳：春风文艺出版社，1984：147.

版);《烟村四五家》《年年柳色》《乡风》《青藤巷插曲》《虎头牌坊》《莲房村人》《凉月如眉挂柳湾》等收入小说集《烟村四五家》(上海文艺出版社 1985 年出版)。从 1984 年起,刘绍棠计划到自己60 岁时,每年一部,共写出十二部长篇小说,但过度劳累使得刘绍棠在 1988 年 8 月 5 日中风偏瘫,即使如此,他还是创作完成了《京门脸子》《豆棚瓜架雨如丝》《敬柳亭说书》《这个年月》《十步香草》《野婚》《水边人的哀乐故事》《孤村》《村妇》等长篇小说,这些作品,不仅标志着刘绍棠乡土文学体系的建构与成型,也成为中国当代乡土文学创作中最为重要的收获。这些作品所取得的成就可以说达成了刘绍棠在乡土文学创作这条道路上的志愿与初衷:"'中国气派,民族风格,地方特色,乡土题材',这是我致力乡土文学创作的四大准则。满怀感恩戴德的孝敬之心,为我的粗手大脚的乡亲父老画像,以激情的热爱灌注笔端,描写我的家乡——京东北运河农村那丰富多彩而又别具一格的风土人情,为家乡的后辈儿孙留下艺术化的历史写照,同时也使外地人,甚至外国人,通过我的小说,了解我的家乡,喜爱我的乡土,这便是我今生文学创作活动的最大野心。"①

---

① 刘绍棠. 我是刘绍棠 [M]. 北京:北京十月文艺出版社,2018:218.

第十章　诗人流沙河的复出：《诗二首》
与《故园九咏》

第一节　诗人的归来：《贝壳》与《常林钻石》

1979 年 4 月，时隔 22 年后，流沙河在《诗刊》上发表了诗作《诗二首》，即《贝壳》和《常林钻石》，这两首诗歌正是诗人的复出作。

在这里，我们重点解析标志流沙河复出诗坛的两首诗作。

诗作《贝壳》如下：

> 曾经沧海的你
> 留下一只空壳
> 海云给你奇异的纹理
> 海月给你莹莹的珠光

放在耳边

我听见汹涌的波涛

放在枕中

我梦见自由的碧海

在这首诗中,诗人将抒情与哲理性的深思相融合,展现了流沙河一贯的诗歌风格。诗作通过咏物来抒情言志,那个曾经沧海的"贝壳",留下的不是累累伤痕,而是"奇异的纹理"和"莹莹的珠光",似乎借此言说着曾经的岁月磨难所给予自己的生命的沉淀,走出政治劫难的诗人将往昔岁月的负重转化为对岁月人生的别样感悟。自 1957 年被划为"右派"以来,流沙河的生活坠入谷底,在社会的底层,作为一个被专政的对象,凭借干苦力来维持生计,而且一干就是十多年,改正错划"右派"后的流沙河以这样的一个贝壳来自比,传递出一种豁达从容的人生态度。诗的后半部分,是诗人主体与咏叹对象"贝壳"的直接交流与对话。借助贝壳,我"听见汹涌的波涛""梦见自由的碧海",展现了诗人透过历史的沧桑,追寻生命的真谛的精神境界。值得一提的是,流沙河的这首《贝壳》与艾青的诗作《鱼化石》、牛汉的《华南虎》以及曾卓的《悬崖边的树》均是用托物言志的手法表达着相似的思想情感,这几首诗以物喻己,将一个历劫弥坚的诗人主体形象转化为一个内蕴丰富的意象,以对物客体的感叹,表达自己深厚而丰富的生命与人生体验。流沙河、艾青、曾卓、牛汉等几位诗人都在 20 世纪 50 年代以来的政治风暴中受到过冲击,这些诗歌所表达的个体对苦难之于生命的意义与价值的沉思与追寻,正传递出一代诗人对不屈人格的坚守以及对生命高度的探寻。

流沙河复出之际发表的另一首诗歌是《常林钻石》，全诗如下：

被科学的春天唤醒

从草间一跃而起

常林钻石　祖国的娇女

你来了　来得正是时候

你是中华民族的祥瑞

你那六面的晶体中

有虹　有日月　有明星万颗

有来自地球深处的信息

含着谜一般的微笑

你也许知道什么地方有矿藏

有煤　有铁　稀有金属

有我们迫切需要的石油

你是洪荒时代的见证

度过了一次又一次的冰期

听见过恐龙在雪原上哀吼

看见过古猿告别森林

请告诉我们你经历过的造山运动

146

那些峰崩河断　岩浆狂突

板块漂移　地层升降

大陆与瀛海的几番交替

请指引我们去寻找你的姐妹

叫她们醒来　快快醒来

排成七色幻光的大队

跟着党　向下一个世纪长征

　　与《贝壳》一诗相比较而言，《常林钻石》虽然也有着咏物言志的特征，但总体上抒发的是"大我"的情感，处处传递出对时代主旋律声音的应和。在诗歌的首节中，诗人首先表达出常林钻石的出现正当其时，是被科学的春天所唤醒。这首诗作写于 1978 年，而这时正是科学大旗又一次被高举，"四个现代化"的目标成为社会的共识之时，所以诗作的第二节直接把常林钻石称作中华民族的祥瑞，表达了对民族，对国家繁荣昌盛的殷切期盼。而诗句"你是洪荒时代的见证"则是对民族的沧桑历史及其深厚积淀的咏叹。而整首诗歌由对矿石的赞叹进而表达对中华民族的礼赞，以及对觉醒的中国的礼赞。

　　也是在 1978 年，诗人艾青也写过一首以"常林钻石"为题的诗歌，名为《互相被发现——题"常林钻石"》，全诗如下：

不知道有多少亿年

被深深地埋在地里

存在等于不存在

连希望都被窒息

一个姑娘深翻土地
忽然看见它跳出来
姑娘的眼和钻石
同时闪出了光辉

像扭开一个开关
在一刹那的时间里
两种光互相照耀
惊叹对方的美丽

光彩夺目的金刚石
像一片淡黄色的阳光
照亮了祖国的大地
预告地下有无数宝藏

亮晶晶的金刚石
没有物质比它更坚硬
姑娘把它贡献给国家
用来叩开工业的大门

常林大队得到了钻石
钻石带着光辉来到人间

而比钻石更辉煌的

是姑娘热爱祖国的信念

这首诗与艾青同一年写下的《鱼化石》有着十分相近的喻义和内涵。在《鱼化石》一诗中诗人写道："动作多么活泼，精力多么旺盛，在浪花里跳跃，在大海里浮沉；不幸遇到火山爆发，也可能是地震，你失去了自由，被埋进了灰尘；过了多少亿年，地质勘探队员，在岩层里发现你，依然栩栩如生。但你是沉默的，连叹息也没有，鳞和鳍都完整，却不能动弹；你绝对的静止，对外界毫无反应，看不见天和水，听不见浪花的声音。凝视着一片化石，傻瓜也得到教训：离开了运动，就没有生命。活着就要斗争，在斗争中前进，即使死亡，能量也要发挥干净。"不论是对常林钻石的咏叹，还是对鱼化石的抒发，诗人都写出了它们曾经被深埋地下的那种被压抑着的命运处境，同时也写出了它们经历黑暗与埋没，终见天日、散发出光彩的那种激动与愉悦。可以说，借对常林钻石的抒发，诗人表达的正是终获改正错划"右派"后的喜悦和充满自信的内在情怀。流沙河与艾青在自己复出之际均选择以托物言志的方式抒发自己的内在情怀，表达自己历经磨难之后对生命的感悟以及对未来的坚定信念，而这一切又真切地反映了归来的诗人们于社会转型时期对家国前程和个人前途的想象与憧憬。

流沙河与艾青两位诗人在复出之初均选择以"常林钻石"为题作诗，这也与特定的事件有着直接的关联，便是常林钻石于 1978 年被发现事件。据相关资料记载，常林钻石，重 158.786 克拉，长 17.3 毫米，色泽透明，折光能力强，是我国现存最大的钻石，也是我国到目前为止发现的第二块超过 100 克拉的宝石级的天然大钻石，因发现地是常林村而被命名为常林钻石。1977 年 12 月 21 日，山东临沭县华侨乡常林村村民魏振芳在翻地时偶然发现，后来把它献给了国家，被视为国宝。1978 年 1 月 3 日，中央人民广播电台还专门发布了魏振芳拾宝、献宝的消息，使得这一事件在当时广为人知。发现者魏振芳当年因此获得当地政府的千元奖金，政府还给她办理了农转非户口，安排她到八○三矿当了工人。常林钻石与捐献者魏振芳在后来还有很多故事，但这是题外话，在此不提。流沙河与艾青的同名诗作《常林钻石》均写于 1978 年，正是在这一事件被广泛报道后有感而写，从中可以感知这一事件在当时所引起的轰动和反响。多年"右派"加身的诗人，在即将改正错划之际选择这样的素材进行创作并将其作为自己改正错划后首次露面的作品进行推出，当然也有着政治上的考量。这样的主题既紧扣当时的热点事件，同时其主题指向上是积极上进的，个体与国家、个人与集体的关系在这里有着明确的表达，传递着无私奉献、心系国家的理念。整首诗在抒情风格上呈现出颂诗的特征，但与 20 世纪 50 年代颂诗不同的是，诗人在诗作中既有"大我"情怀的抒发，也有着个体声音的表达，也许，其中承载的正是彼时刚刚改正错划复出之际诗人真实的心声。

第二节　复出期诗作：《故园六咏》
《梅花恋》及《草木新篇》

继《贝壳》和《常林钻石》在《诗刊》发表之后，流沙河于
1979 年 7 月 4 日在《人民日报》上发表诗作《梅花恋》，以此标志
着诗人的全面复归。1979 年 9 月，中共四川省委下文，为流沙河等
四位编辑改正错划"右派"。是年 10 月，《星星》复刊，流沙河也
被调回原单位四川省文联，在《星星》任编辑工作。1980 年，流沙
河的组诗《故园九咏》获 1979—1980 年全国中青年诗人优秀新诗
奖，流沙河由此开始了自己在新时期诗坛上的复出。

我们先来看一下流沙河复出后获奖的组诗《故园九咏》，这组诗
由《我家》《中秋》《芳邻》《乞丐》《哄小儿》《焚书》《夜读》
《夜捕》《残冬》九首组成，这组诗歌并不是流沙河复出后新创作
的，而是"文革"后期断断续续写出的，那时流沙河整日以锯木为
生，生活十分艰辛，诗歌书写的正是彼情彼景。诗歌在节奏上舒缓
从容，质朴自然，又透露着一种苦中作乐的人生况味。

组诗中的第一首是《我家》，首节写道：

> 荒园有谁来！
>
> 点点斑斑，小路起青苔。
>
> 金风派遣落叶，
>
> 飘到窗前，纷纷如催债。

> 失学的娇女牧鹅归，
>
> 苦命的乖儿摘野菜。
>
> 檐下坐贤妻，
>
> 一针针为我补破鞋。
>
> 秋花红艳无心赏，
>
> 贫贱夫妻百事哀。

这是一个在动荡岁月里不断遭受冲击的家庭，游街、批斗、关押成为常态，在风雨飘摇中，那个小小的家成了最好的避风港。流沙河在遭受灭顶之灾时收获了爱情，于风暴骤起时得到了一儿一女，一家四口，住在一个简陋的小屋里，艰辛中却有一种难得的家人彼此关爱的温馨。

组诗中的《中秋》写道：

> 纸窗亮，负儿去工场。
>
> 赤脚裸身锯大木，
>
> 音韵铿锵，节奏悠扬。
>
> 爱他铁齿有情，
>
> 养我一家四口；
>
> 恨他铁齿无情，
>
> 啃我壮年时光。

诗作所写，正是诗人受批回乡当锯木工劳作的场景，中秋时节，天刚亮便得赶去锯木厂工作，儿子年幼，因妻子要到工厂做工，流沙河只好把儿子带在身边。锯木虽然辛劳，但却是家中最主要的收入来源，是一家糊口的依靠。"我在故乡劳动十二年，前六年拉大

锯，后六年钉木箱，失去所有庇荫，全靠出卖体力劳动换回口粮维
系生命。"诗作《中秋》可以说正是诗人当年返乡劳动改造生活的
真切记录。

再来看《哄小儿》一首：

> 爸爸变了棚中牛，
>
> 今日又变家中马。
>
> 笑跪床上四蹄爬，
>
> 乖乖儿，快来骑马马！

流沙河的儿子余鲲出生于 1967 年阴历七月，育儿成长成为那段
岁月中流沙河最为珍惜的时光。当时生活困难，劳动所得勉强糊口，
所以儿子和女儿小时候的玩具都是流沙河自己动手所做，"鲲鲲小时
候没有耍过用钱买来的儿童玩具。他的玩具全是我钉包装木箱时抽
空暇给他做的"。不只是玩具，孩子们启蒙教育阶段的教材也是流沙
河一字一字、一册一册自己编写出来的。挨批的岁月里，育儿成长
成了最大的快乐，诗作《哄小儿》记录和传递的正是那样的一种心
境与场景。

《残冬》一诗是这组诗的最后一首，写作的具体时间不详，但从
内容上来看，应该写于"四人帮"下台之际，整首诗用隐喻、象征
的手法，暗示出黑夜、寒冬终于就要过去，虽然大雾使得天地还很
迷蒙，但那园中南向的枝头上已有花朵在绽放，喻示着春天就要来
临，可以说整首诗有着一种冬去春终来的内在的欣喜之情。

《残冬》

天地迷蒙好大雾，

竹篱茅舍都遮住。

手冻僵，脚冻木，

破烂衣裳空着肚。

一早忙出门，

贤妻问我去何处。

我去园中看蜡梅，

昨夜幽香吹入户。

向南枝，花已露，

不怕檐冰结成柱。

春天就要来，

你听鸟啼残雪树！

接下来我们看一下流沙河的另一首诗《梅花恋》，这首诗发表于1979年7月4日的《人民日报》上，这是流沙河复出后在《人民日报》上的亮相之作。据记载，朱德曾于1910年和1957年两次到流沙河故乡的赵镇公园赏过梅花，诗作《梅花恋》正是通过对赵镇梅花的书写，来抒发对老一辈革命家一生丰功伟绩的礼赞：

他胸膛很广阔，肩膀很宽，

宽肩挑过一根有名的扁担。

一挑给我党挑来雄兵百万，

再挑为人民挑走三座大山。

同时诗作还通过对朱德坚定的革命信念的赞扬、全心全意为国为民情怀的展现，以及他光明磊落、疾恶如仇的斗争精神的书写，对十年"文革"中"四人帮"倒行逆施、祸国殃民的丑恶行径进行了批判，同时也借园中梅花的遭遇，对一代伟人的逝去表达深深的思念之情。

> 唉！花的命运竟与人一样，
> 权移势转，任随侮辱摧残。
> 唉，人的命运也如花一般，
> 雨打风吹，一夜飘落满园。
>
> 他死后，有人听见梅林夜哭，
> 都说那是花魂在给国魂祭奠。
> 这不真实的真实实在太真实，
> 天真的百姓寄托着万重思念！

与《梅花恋》创作于同一时期的诗作还有当年发表于《成都日报》上的诗作《带血的啼鹃》，这首诗与稍后创作的《只有她无声》写的都是关于张志新烈士的故事。不论是《梅花恋》中对老一辈革命家朱德的礼赞，还是《带血的啼鹃》和《只有她无声》中对张志新遭遇的感叹，都鲜明地体现出流沙河在这一时期关注时政、关注社会风潮的创作走向和特点。

在复出期流沙河所创作的诗歌中，还有一首值得提及，这便是1979年所写的诗歌《草木新篇》。二十多年前，流沙河正是因为在《星星》诗刊上发表组诗《草木篇》而在"反右"运动中受到批判，改正错划"右派"复出后，流沙河再以《草木篇》为名，续写新篇。这首新的《草木篇》共包含了八首诗，分别是《虞美人》《梧

桐》《除虫菊》《牵牛花》《竹》《枫与银杏》《八点半》《木兰》，这
八首诗中，除《八点半》外，其余均以草木命名，诗歌如下：

虞美人
不幸的红颜，
有幸的红花。
从来无花名吕后，
百姓爱憎分明。

梧桐
叶出听夜雨，
叶落舞秋风。
何必枝栖凤凰，
但愿身经斧锯，
化作一张张的薄板，
嫁与一条条的直弦，
好将阳春的回忆，
去向人间弹奏。

除虫菊
纤纤的弱茎，
蓝蓝的小花，
摘下来研磨成齑粉，
依旧是虫豸的死敌。

牵牛花

左旋左旋左旋,

爬高爬高爬高。

种子入药,

又名黑丑。

竹

俯首不忘根,

虚心不自满。

从来不会节外生枝,

所以密密成林。

枫与银杏

一个说秋天是红色的,

一个说秋天是金色的。

画家说秋天有各种色彩,

秋天说我没有任何颜色。

八点半

准时表演顷刻开花,

博得四围一片赞美。

赏花毕竟不是看稀奇,

哪能天天瞧你耍杂技!

莫怨观众不再来,

你总该听说过：

桃李无言，

下自成蹊。

木兰

阳春的信使，

屈原的心爱。

枝上忽来琼花如雪，

美丽得令人惊异。

然后匆匆地萎谢，

让人期待着明春。

流沙河 1956 年 10 月创作的《草木篇》中写了五种草木，即白杨、藤、仙人掌、梅、毒菌；而在 1979 年写的《草木新篇》中写了虞美人、梧桐、除虫菊、牵牛花、竹、枫、银杏、木兰等草木，所选草木不同，但运用的都是咏物言志的手法，以物喻人，依然传递的是诗人对人生世事的深刻洞察与智思。

第十一章　穆旦 1957 年之后的文学
翻译与诗歌创作

第一节　穆旦 1957 年的政治抒情诗

　　1957 年是穆旦在中华人民共和国成立后诗歌创作的一个小高峰，也是他整个 20 世纪 50 年代诗歌写作的一个高潮，之前的诗歌创作主要集中在 20 世纪 40 年代，而下一个他个人的诗歌高峰则是生命最后的岁月——1976 年。这一年，在臧克家、徐迟等诗人的鼓励下，同时也有感于"双百方针"推出之后活跃的社会风气，穆旦又一次开始了诗歌创作，这是他回国后的首度诗歌创作。1957 年 5 月 7 日，《人民日报》发表了穆旦的《九十九家争鸣记》。5 月 25 日，《诗刊》第 5 期发表了穆旦的诗歌——《葬歌》。同年第 7 期的《人民文学》上发表了穆旦的"诗七首"：《问》《我的叔父死了》《去学习会》《三门峡水利工程有感》《"也许"和"一定"》《美国怎样教育下一代》《感恩节——可耻的债》。这些诗歌也是穆旦在归国后公开发表的所有诗作，它们都集中创作于1957年的上半年。

《葬歌》与《九十九家争鸣记》是穆旦1957年发表的九首诗歌中较为突出的两首，这两首诗歌也是在随后的反右思潮中，穆旦受到批评的焦点所在。在《葬歌》中，穆旦表现出了在新生活、新时代里，与旧我告别、埋葬旧我的思想诉求。"你可是永别了，我的朋友？我的阴影，我过去的自己？天空这样蓝，日光这样温暖，在鸟的歌声中我想到了你。我记得，也是同样的一天，我欣然走出自己，踏青回来，我正想把印象对你讲说，你却冷漠地只和我避开。自从那天，你就病在家里，你的任性曾使我多么难过；唉，多少午夜我躺在床上，辗转不眠，只要对你讲和。"穆旦在这首诗歌里似乎更多地表达出一种矛盾的心理，他一方面想要使自己顺应时代的潮流，重塑自我，彻底地与旧我告别，但另一方面却充满着对旧我的不舍。他对旧我的所谓陋习展开批判，却又发现这些"陋习"恰恰是成为自我以及彰显自我的重要因子。所以在这首诗歌里，他对旧我的批判是那样难以说服自己，批判旧的陋习的同时，却又难以掩盖内心的留恋；表达对新生活的向往，却又显得有些苍白和牵强。这应该是穆旦在那个知识分子接受思想改变的年代内心的真实体验，而这种心理状态，又是那个时代众多由"旧"而"新"的知识分子共有的心态。

同样发表于1957年的诗歌《九十九家争鸣记》可以说是一首较为典型的政治抒情诗，这与穆旦一贯的诗歌风格显得较为不同。诗歌在语言上一改穆旦历来在创作上所表现出的深沉和内蕴丰富的风格，以一种直白通俗的口语化语调，略带调侃地对"大鸣大放"时期会议上形形色色的众生相进行了讽刺。

《诗刊》1957年9月号刊出的黎之的《反对诗歌创作的不良倾向及反党逆流》，批判穆旦这一时期的诗歌"流露了比较严重的灰暗情绪，而这种情绪又表现得那样晦涩费解"。1957年12月25日《人民日报》上发表戴伯健的《一首歪曲"百家争鸣"的诗——对〈九十九家争鸣记〉的批评》，认为这是首不好的诗。除《九十九家争鸣记》外，《葬歌》同样遭到严厉的批判。1958年第8期的《诗刊》上刊发《穆旦的"葬歌"埋葬了什么?》一文，文章作者李树尔指出："从表面上看，这首诗好像是'旧我'的葬歌，实际上却是资产阶级个人主义的颂歌。它的本质是宣扬资产阶级思想的坏作品。"① 在遭受尖锐激烈的批评之下，穆旦于1958年1月4日的《人民日报》上发表《我上了一课》一文，对自己所创作的《九十九家争鸣记》进行了检讨。"我写那诗的主要动机是如此的：当时党号召解除顾虑、大鸣大放，可是还有个别不敢鸣放的现象，我想对这种落后现象加以讽刺。当时想到有几种'怀有顾虑'的情况，就把这几种情况凑在一起，编写成一个故事，使故事充满了否定性细节。""我的思想水平不高，在鸣放初期，对鸣放政策体会有错误，模糊了立场，这是促成那篇坏诗的主要原因。"② 在这篇文章中，穆旦一方面检讨了自己在思想上所存在的错误认识，同时他还着重从艺术构制的角度谈了诗歌的缺失所在，他试图把诗歌所引发的带有阶级立场性的批判引向艺术理念的不成熟的方向上来，也努力地为自己这种艺术上的不成熟进行辩护，但这一切都无济于事。

---

① 李树尔. 穆旦的"葬歌"埋葬了什么? [J]. 诗刊，1958，(8).
② 穆旦. 穆旦精选集 [M]. 北京：北京燕山出版社，2006：110.

第二节　诗人的隐退与翻译家的凸显

1957 年至 1976 年的近二十年里，诗人穆旦停止了诗歌的写作，这与他在运动中的遭遇有着直接的联系。但并不是说这二十年的时光被彻底荒废，恰恰相反，这二十年是穆旦事业上收获最大的一个时期，他一生中最重要的翻译作品正是在这一时期完成的。这二十年可说是穆旦由美国回国后于个人所追求的事业上成就最高、收获最大的二十年，也是穆旦一生文学事业的一个制高点，反观当时的处境与环境，不能不令人感慨。

穆旦原名查良铮，对读者而言这两个名字有着不同的意义和内涵，从其 20 世纪 50 年代以来的一系列文学创作活动轨迹可以看出，当使用前一个名字时，出现在人们面前的是一个诗人的形象，而使用后一个名字时，则是一个翻译家的身份。翻译是穆旦除诗歌创作外另一项十分钟爱的事业，当然这其实也可以说是对同一份事业的坚守与追求，因为他的翻译也主要是围绕着诗歌来进行，除 20 世纪 50 年代初期翻译了苏联理论家季摩菲耶夫的《文学原理》（1955 年由平明出版社出版）以及《别林斯基论文学》（1958 年由上海新文艺出版社出版）外，穆旦主要致力于对国外优秀诗歌的翻译，主要包括拜伦、普希金、雪莱、济慈、布莱克、丘特切夫等诗人的诗作，而其中相当一部分诗歌的翻译，是穆旦在遭受政治运动冲击的逆境下完成的，如《唐璜》《普希金抒情诗选集（上、下）》《拜伦诗选》《普希金叙事诗选》《英国现代诗选》《丘特切夫诗选》《拜伦、雪莱、济慈诗选》等，而这些译作均是在穆旦去世后才得以陆续出版。可以说翻译是穆旦回国后倾心倾力追求的事业所在，甚至是他当初急切回国的重要动力，在以翻译家的身份出现时，穆旦常常用的是另一个名字：查良铮。

　　当代文学史中在谈及中华人民共和国成立后穆旦的状态时，主要是从诗歌创作的角度来进行描述，常给人一种穆旦在政治运动的冲击下彻底沉寂的错觉，但当我们聚焦于其翻译事业时，却发现20世纪60年代以来实际上是穆旦的一个丰收期。1962年，《郑州大学学报》第1期上刊出了署名丁一英的《关于查译〈普希金抒情诗〉、翟译莱蒙托夫的〈贝拉〉和鲁迅译果戈理的〈死魂灵〉》，文章批评穆旦的译作不忠于原作，有许多地方是错误的。穆旦随即写下了《谈译诗问题——并答丁一英先生》，此文发表于《郑州大学学报（人文科）》1963年第1期，在文中，穆旦对丁一英对自己的指责进行了十分详细的反驳并阐释自己的翻译原则与理念。穆旦能于那样的一种政治环境与人生处境中发表自己的学术观点与他人展开探讨，实属难得，也形成了一个奇怪的现象，那就是作为诗人的穆旦和作为翻译家的查良铮似乎被人们划分成了两个人，而穆旦也在此时更着意于作为翻译家的查良铮。众所周知，20世纪50年代以来的政治运动使相当多的作家受到冲击，很多在现代文坛上已颇有建树的作家在这样的冲击下无法再在创作上有任何的收获，但穆旦似乎有所不同，当然这更来源于他的信念，在无法藏身更奢谈安宁的动荡年代，身陷困境的穆旦却一直在自己有所作为的翻译领域竭尽所能地奋力耕耘，甚至可以说达到了自己翻译事业的顶峰，这种事业成就与个人人生处境的不对称，也许正是穆旦作为一个当代历经政治风云的知识分子值得被关注的所在。

　　从 1963 年起穆旦着手进行对《唐璜》的翻译，到 1965 年，穆旦完成了这部巨著的译稿。1972 年由劳改农场回到南开大学图书馆后，穆旦便又开始了对译稿的修改，到 1973 年，全部修订完毕。前后历时 10 年的时间。此后书稿一直压在出版社的案头，到 1980 年才得以由人民文学出版社出版，此时距穆旦去世已有 3 年。除《唐璜》这部巨著外，穆旦这一时期还有许多其他的译作。1985 年，穆旦家人收到出版社的一个领取稿酬的通知，才知穆旦于 1963 年将译稿《丘特切夫诗选》寄给出版社，但由于种种原因，时隔二十多年最终由外国文学出版社出版。

　　1972 年 1 月，穆旦重新回到南开大学图书馆上班，并领回了在抄家时被抄走的物品，包括《唐璜》译稿和《拜伦全集》。穆旦不久后便又开始了对《唐璜》的翻译工作，距初次翻译，已过十年。"似乎是要把被剥夺的时间补回来，他又争分夺秒地开始了修改和注释《唐璜》的译稿。那时父亲经常晚间下班后到图书馆的书库里查找有关注释《唐璜》的材料，很晚才回来。记得一次查到一个多月都未能找到的注释材料时，他回家后马上对母亲讲，狂喜之情溢于言表。"① 穆旦开始夜以继日地翻译，拜伦的《唐璜》《拜伦诗选》、普希金的《普希金抒情诗选集》《欧根·奥涅金》《普希金叙事诗选》、雪莱的《雪莱抒情诗选》《爱的哲学》、艾略特等人的《英国现代诗选》、查尔斯·维维安的《罗宾汉传奇》等，或修订或新译，都是在这一时期完成的。从翻译量来看，无疑是巨大的。

---

① 杜运燮. 丰富和丰富的痛苦：穆旦逝世 20 周年纪念文集 ［M］. 北京：北京师范大学出版社，1997：225.

　　1972年11月，穆旦全家又重新搬回到东村70号。是年2月，尼克松访华，中美签署联合公报，中美关系解冻，很多定居美国的华裔回国探亲。穆旦的妻子周与良的哥哥周杲良回国，可能基于此，穆旦一家得以搬回原先住的地方。1973年4月，接南开大学校方通知，穆旦夫妇在天津第一饭店会见了美籍华人、康奈尔大学教授、数学家王宪钟，穆旦向对方赠送了自己的译作《欧根·奥涅金》。1975年10月，穆旦又会见了由美回国的老朋友、芝加哥大学的邹说夫妇。在这一时期，穆旦的生活中出现了一些年轻人，他们都是诗歌的爱好者，也是穆旦的仰慕者，他们都是因穆旦的译诗而熟知穆旦的名字，后来成为穆旦的好友、忘年交，如郭保卫、孙志鸣。他们在20世纪70年代与穆旦有过较多的交流，通过通信的往来，谈文学、谈艺术、谈诗歌、谈翻译，穆旦在与他们的交流中，也有很多真实自我的流露。1976年6月15日，穆旦对孙志鸣说："这两个多月，我一头扎进了普希金，悠游于他的诗中，忘了世界似的，搞了一阵，结果，原以为搞两年吧，不料至今才两个多月，就弄得差不多了，实在也出乎意料。"[1] 郭保卫后来回忆当时穆旦工作的情形："每天清晨，洗漱后，他就吃力地架着拐，一步一步挪到书桌前，坐在自己的小床上，打开书，铺开纸，开始一天的工作。由于腿伤不能长时间固定在一个姿态上，坐久后，便要慢慢地先将自己的好腿放到床上，然后再用手将那条伤腿搬上床，靠着被子，回手从书桌上将刚译的稿子拿起，对照原著，认真琢磨，不时地修

---

① 易彬. 穆旦评传［M］. 南京：南京大学出版社，2012：497.

改着。"①

对于自己在这种艰难的困境中于翻译领域所取得的成绩，穆旦是颇为满意的。1976 年 1 月的一个夜晚，穆旦在外出时不小心摔伤，造成股骨胫骨骨折。但就算在病床上，他依然进行着翻译工作。据穆旦儿子查英明和女儿查瑷平回忆，1977 年 2 月 25 日，已入院准备接受腿部手术的穆旦在医院附近的公共汽车站等车时遇到一位朋友，穆旦对这位朋友说："这一年腿伤把我关在屋里，但是也做了不少事。《普希金抒情诗选集》《拜伦诗选》《欧根·奥涅金》都弄完了。"② 说完这段话的第二天，穆旦即离开了人世，而译作《欧根·奥涅金》的修订是在他去世前两天才全部完成。从中一方面可以看出，穆旦即使在身体十分糟糕的情况下，依然完成了大量的作品翻译，另一方面也可以看出，翻译在穆旦心目中的重要性，他是以生命为代价来完成他的译作。

第三节　1977：诗人的最后与最后的诗歌

1957 年的诗歌创作及其所招致的批评以及随后而来的政治风暴，使得穆旦不得不停止了自己所钟爱的诗歌创作，而再次破封提笔写诗则是在 1976 年。这一年是穆旦一生诗歌创作的又一个高峰，也是他 1957 年之后时隔近二十年又一次提笔进行的诗歌创作，而这一次

---

① 杜运燮.一个民族已经起来：怀念诗人、翻译家穆旦［M］.南京：江苏人民出版社，1987：174.
② 李怡，易彬.穆旦研究资料：上［M］.北京：知识产权出版社，2013：42.

创作代表了他晚期诗歌的成就，在不到一年的时间里，他创作出了《智慧之歌》《理智和感情》《演出》《城市的街心》《诗》《理想》《听说我老了》《冥想》《春》《夏》《秋》《冬》《友谊》《自己》《停电之后》《退稿信》《好梦》《"我"的形成》《老年的梦呓》《神的变形》等二十多首诗歌，在这些诗歌中，穆旦将20世纪50年代中期起所经历的挫折、动荡与孤独中的沉思融注其中，与早期的诗歌在情感表达及人生感悟上有了较大的不同。对照来看，1957年穆旦的诗歌中体现出一位当代知识分子对现实社会运动有着极高的参与热情，反映出穆旦对新生社会主义国家各项事业及其前景的极大期待与信心，这一方面表现在他这一时期所参与的一些具体的社会事务中，同时也真切地传递在他的诗歌创作中。但1957年的"反右"运动使得穆旦的诗歌写作搁笔二十年，再提起笔时，已到生命的尽头，而且在这一时期，我们从诗作中可以看到，穆旦将曾经投向广阔的天地与生活的目光全部收了回来，转向了一种内在的自我精神独白，于深沉而舒缓的节律中倾诉着自己对生命时光的体悟。

《智慧之歌》写于1976年3月，历来被看作穆旦晚年诗歌创作的开山之作。"我已到了幻想的尽头，这是一片落叶飘零的树林，每一片叶子标记着一种欢喜，现在都枯黄地堆积在内心。……但唯有一棵智慧之树不凋，我知道它以我的苦汁为营养，它的碧绿是对我无情的嘲弄，我咒诅它每一片叶的滋长。"严酷而无情的现实斗争与所遭受的迫害，使得诗人终结了一切的人生幻想，爱情、友谊、理想，这些生命岁月中曾经的美丽与欢喜，现在都已消失，或"有的不知去向，永远消逝了，有的落在脚前，冰冷而僵硬"，或"生活的冷风把热情铸为实际"，或"可怕的是看它终于成笑谈"，而那唯一没有凋零的智慧之树，却在苦难的煎熬中茁壮成长，而这成长，是由诗人所承受的苦难浇灌而成的。穆旦在这里一方面表达出对人生美好情愫被无情摧残的无奈、愤懑与伤感，另一方面却也对因这磨难所收获的智慧而感慨并发出咏叹。对智慧的审视，使得诗人完成了对苦难的超越，也体现了穆旦诗歌深沉而饱含哲理的特点。

诗歌《冬》写于 1976 年 12 月，这是穆旦晚期诗歌中的压轴之作，同时也是他晚年诗歌中的代表作。"我爱在淡淡的太阳短命的日子，临窗把喜爱的工作静静做完；才到下午四点，便又冷又昏黄，我将用一杯酒灌溉我的心田：多么快，人生已到严酷的冬天。我爱在枯草的山坡，死寂的原野，独自凭吊已埋葬的火热一年，看着冰冻的小河还在冰下面流，不知低语着什么，只是听不见：呵，生命也跳动在严酷的冬天。我爱在冬晚围着温暖的炉火，和两三昔日的好友会心闲谈，听着北风吹得门窗沙沙地响，而我们回忆着快乐无忧的往年：人生的乐趣也在严酷的冬天。我爱在雪花飘飞的不眠之夜，把已死去或尚存的亲人珍念，当茫茫白雪铺下遗忘的世界，我愿意感情的热流溢于心间，来温暖人生的这严酷的冬天。"此时的穆旦历经劫难，同时还承受着病痛的折磨，诗歌正是在这种满怀沧桑的感慨中去展现生命的顽强律动。穆旦以一位智者的心灵，感悟着这严冬的人生内涵。《冬》似乎成为诗人对自己生命状态的一种隐喻与暗示，既是生命岁月最好时光的沉思，又是现实社会风云黎明前暗夜里的守望。穆旦在诗歌里展现出的是一种从容不迫的淡然与饱经沧桑的智者的人生感叹，这种感叹超越了对社会现实的直接评说，也超越了对人生挫折的急切倾诉，将所有的遭际转化为一种人生凝视的对象，由此获得了作为主体的"我"对过往历史以及所有苦痛

的超越。1976 年的穆旦以诗歌来抒发自己的生命感悟，20 世纪 50
年代中期以来的命运沉浮成为他思索世事人生的一个十分重要的支
点，同时这些遭遇也为他诠释生命的内涵提供了丰富而独特的人生
经验。

　　纵观穆旦的人生轨迹，1957 年对穆旦来说是他人生的转折点。
过往的经历终使他在反右运动的大潮中难逃一劫，以"历史反革命"
的身份开始了另一种对世事人生的经历和体悟。许多在"反右"与
"文革"的政治风暴中遭受打击的知识分子都没能走出历史的劫难，
生命就此终结，也没有留下任何有关这种劫难经历的体悟与思考。
当然也有许多饱经风雨之后的幸存者，他们很多人成为 20 世纪 80
年代中国文坛上现实主义思潮复归的中坚力量，他们虽然写下了很
多重新审视沧桑历史的文字，但这些书写中沉淀的是很多"过来人"
回首往事时的情感因素。穆旦后期的诗作却是诗人身处激荡的历史
旋涡中而留下的沉思与感悟，其时，穆旦头上还顶着"历史反革命"
的帽子，在身与心双重受难的困境中，穆旦以沉静的口吻表达着一
位智者对生命的沉思，也书写出个体对时代风云的疏离、对抗与审
视，唯其如此，才显得更为难能可贵，这也使得穆旦后期的诗歌具
有了独到的思想价值，它成为一代知识分子于逆境中坚守自我人格
与精神追求最为真切的见证。

附录一 复出作家改正错划右派前的婚恋境遇考

　　婚恋境遇是构成复出作家历史生活画面的一个重要组成部分，同时也是复出作家人生体验的一个十分重要的方面。当年在受到冲击后，作家们一方面要承受政治上的高压，另一方面还要面对生活上的无所着落，几乎没有了安身立命的空间，而在这一过程中，家庭中婚姻伴侣的不离不弃、倾心关照，或者是身处逆境时爱情的收获与激励，成为一些作家在受冲击的岁月里十分重要的生存保障，同时也是他们精神上的最为重要的支撑。作家王蒙于改正错划"右派"复出后就曾深有体会地说："我个人有个发现，在严峻的日子里，家庭的功用实在是无与伦比。仅仅在政治上或工作上的压力是不会把一个人压垮的，凡是在那不正常年月自杀身亡的人几乎无一不是身受双重压力的结果。他们往往是在受到政治上的打击与误解的同时又面临家庭的解体，在家庭里受到众叛亲离的压力。反过来说，身受政治与家庭两重压力而全然能挺过来的实在不多。有许多宝贵的人才、可爱的人物身处逆境而终于活过来了，健康地活过来了，我想这应该归功于他们的家庭和家人。是家庭和家人使身受严峻考验的人得到了哪怕是暂时的温暖，得到喘息，得到了生活的照顾，得到无论如何要坚强地活下去的信心和耐心。"①

　　从婚恋境遇的角度来看，复出的"右派"作家当年受冲击后的遭遇大致有以下几种情况：一是夫妻双双被划为"右派"、一同经历运动风雨，如丁玲与陈明夫妇、从维熙与张沪夫妇以及吴祖光与新凤霞夫妇；二是夫妻中一方被划为"右派"，另一方不离不弃、相伴相随，如王蒙与崔瑞芳夫妇以及艾青与高瑛夫妇；三是在被划为"右派"后却在人生低谷中收获爱情，如流沙河与何洁、刘绍棠与乡村姑娘杨广芹，以及高晓声与珠萍。复出作家们这一特有的人生经历，使得他们对人生百味以及人性本身有了更为具象而真切的体味，改正错划归来的作家正是带着这种独特人生体验重返文坛，而这种体验也深刻地融入了他们复出后的文学创作之中。

一

　　夫妻俩一同被划为"右派"，又一同下放劳动改造，一同经历"反右"后的历次政治运动，相依为命，相互鼓励，一同迎来改正错划"右派"复出的作家，从各自的记忆出发，对共同经历的这段岁月进行浓墨重彩的书写，其中最具代表性的便是丁玲与陈明夫妇以及吴祖光与新凤霞夫妇。

---

　　①　方蕤．凡生琐记：我与先生王蒙［M］．武汉：长江文艺出版社，2008：32.

丁玲有过三次婚姻，陈明是她的第三任丈夫，丁玲大陈明 13 岁。1937 年西北战地服务团成立，丁玲任团长，陈明任宣传股长，这是他们交往的开始，1942 年两人成婚，此后相伴终身。陈明既是丁玲生活上的伴侣，同时又是事业上的助手，从结婚始到丁玲去世，陈明都一直陪伴在丁玲的身边，他是丁玲后 40 多年人生历程的陪伴者、守护者和见证者，尤其是在丁玲从 20 世纪 50 年代中期起所经历的政治劫难中，陈明对丁玲而言不仅是艰难岁月中的人生伴侣，甚至可谓是丁玲精神上、情感上最重要的依靠，正是陈明的存在，使得丁玲能够经受住从"反右"到"文革"的磨难而最终迎来改正错划"右派"复出。

丁玲复出后所写的《"牛棚"小品》中，细致地写了自己和陈明分别被关进"牛棚"期间的遭遇，在后来所写的回忆录《风雪人间》中全面地讲述了被划为"右派"后下放北大荒劳动改造时期的人生遭际。在这些回忆录的叙述中，丁玲将自己与陈明之间坚贞不渝、相濡以沫、历劫弥坚、同甘共苦的夫妻情作为贯穿始终的主线及主题来进行讲述，在《"牛棚"小品》中，丁玲甚至以 20 世纪五六十年代红色文学的叙事风格，将"文革"中自己和陈明被关"牛棚"遭受批斗的经历讲述成了一如革命年代被反动派所关押的革命伴侣的斗争历史。陈明于 20 世纪 80 年代所写的《三访汤原》，写的正是与丁玲在北大荒农场劳动改造及"文革"中遭受冲击的情形。在某种程度上可以说，陈明是丁玲的延伸。丁玲去世后，陈明的工作基本上都是围绕着丁玲而展开。丁玲去世时，《丁玲文集》出了六本，后面的四本基本上是陈明后来辛勤创作的成果，陈明还编辑出版了 20 万字的《我说丁玲》，以及由自己口述、他人整理的《我与丁玲五十年——陈明回忆录》。可以说，在丁玲的历史中，陈明是可以大书特书的。在丁玲20世纪50年代以来重要的人生关节点上，都有陈明的身影。

1957年，丁玲被划为"右派"，1958年2月在北京电影制片厂工作的陈明受丁玲的牵连也被打成"右派"，撤销级别，保留厂籍，随后被发配到黑龙江宝清县的853农场二分场劳动改造。一个月28块钱，北京原单位发18块钱。后陈明见到了王震，提出丁玲也想来，王震表示欢迎。1958年6月，丁玲到了密山。王震把她安排到汤原农场，并把陈明也调了过来，从1958年至1964年，丁玲与陈明一直生活在这里，1964年年底夫妇二人又转到了宝泉岭农场。在北大荒的岁月里，从汤原农场，到宝泉岭农场，陈明都一直相伴在丁玲的身边，50多岁的丁玲从事着自己并不熟悉的繁重的体力劳动，陈明在其中的鼎力相助是十分重要的。尤其是政治上受到不白之冤后，正是因为有了陈明的信任与鼓励，丁玲才有了对未来的信心。正因夫妻相伴，相互扶持，丁玲才有了面对一次次政治冲击的坚毅与勇气。《"牛棚"小品》正是对这样的人生经历的动情记录。1970年5月丁玲被从宝泉岭农场带走关进了秦城监狱，长达五年。这五年中，陈明也被关押在这里，但彼此之间均不知对方的情况。1975年5月，丁玲和陈明被先后从监狱释放，安排到山西省长治市嶂头村养老。时年，丁玲71岁，陈明58岁，在乡村里过着平凡普通的生活。一对老人，历尽劫难，相依为命地生活着。此后，1978年返回北京，创办文学刊物《中国》，以及为了获得政治上的彻底清白而对相关主管部门和相关人士进行呼吁、上访，这些都是陈明在操劳奔波。直至丁玲病危卧床，去世后的追悼会，也都是陈明亲力亲为。

丁玲在去世前曾向自己的秘书王增如坦言，自结婚以来，陈明为自己付出很多，自己也离不开陈明，也亏欠陈明很多，所以希望自己去世后，陈明能重新找个老伴，让对方好好照顾照顾陈明，这也是肺腑之言了。

夫妻一同被打为"右派"又一同下放的还有从维熙和张沪夫妇。1957年《北京日报》对从维熙的批判也拉开了序幕，从维熙成了报社第十三个被揪出的"右派"，开始了被下放劳动改造的"右派"人生。他先是被下放到北京郊区下庄、鲁谷村等地从事劳动。在从维熙被划为"右派"前，身为记者的妻子张沪已被划为了"右派"。1958年9月，上面又将从维熙所在的北京日报社以及新华社北京分社、北京出版社等部门的"右派分子"统一集中到北京西边山里的一个叫"一担石沟"的山洼里进行担石修路的劳动，也是在这一时期，从维熙经历了被打成"右派"的妻子张沪服安眠药自杀又被抢救过来的事。在医院看护妻子的日子里，从维熙争分夺秒地把当年在北大荒采访北京青年垦荒队的素材写成了长篇小说《第一片黑土地》，这便是20多年后北京十月文艺出版社出版的《北国草》的原型。1960年12月北京日报社对从维熙等"右派分子"的批判升级，他们被认定为"右派"当中有纲领的"反改造小集团"，批判会后，从维熙、张沪夫妇先是在北京东城公安分局被关押了10天，后和其他"右派分子"被发往了一个叫土城的劳教收容所，与流氓、盗窃犯关押在一起，开始了被监管的生活，此后其母亲带着年幼的儿子在北京艰难度日。这之后，从维熙夫妇先后辗转于营门铁矿、天津北茶淀（即清河）农场、北京郊区的团河农场等地，夫妻俩在这一过程中聚少离多，即使同在一个农场劳动，因男女分开看管，也难得一见。其间，劳动繁重、饥饿威胁、病痛折磨，但夫妻二人彼此的鼓励以及对在北京的幼子的牵挂，成为他们挣扎着生存下去的动力。1969 年冬，从维熙和妻子张沪一同被发配到山西曲沃监狱，与刑事犯关押在一起，从事打坯和烧坯的劳动。在这里从维熙经历了妻子张沪自被打成"右派"后的第二次自杀。趁看守人员不备，妻子将大半瓶敌敌畏喝下，所幸又一次被从死亡线上抢救了回来。1970 年 5 月，从维熙夫妇以及其他的夫妻同为"右派"的人员被迁往晋东南的一个叫晋普山煤矿的劳改矿山，夫妻两人被安排到村里一王姓农户家落脚，在这里生活了两年的时间，这段时间是沉沦后夫妻俩难得的团聚在一起的时光，后来从维熙将这段经历写进了小说《伞》和《猫碑》中。1973 年他们离开了南坪村，到长治近郊的大辛劳改农场，从事建一个四氯化碳厂的工作。其间，从维熙曾给马烽的夫人，山西省作家协会的段杏绵去信，表达了自己想去文化单位工作的意愿。段杏绵的回信，给了从维熙夫妇莫大的安慰。到1975 年他们又被迁往晋南的伍姓湖劳改农场进行劳动。农场的指导员陈大琪出于对作家的尊重与同情，安排从维熙做脱产的统计员，这是一份相对轻松的工作。其间，夫人张沪通过了保外就医的申请，提前结束了劳改生活。也是在这里，事隔 17 年后，从维熙又一次提笔开始创作。1976 年 8 月，从维熙接到临汾地区文联主席郑怀礼的信，表达了愿意接收其到文联工作的想法。至此，从维熙彻底结束了劳改生涯。1979 年初，他离开临汾回到北京工作，一家团聚。

除丁玲夫妇外，吴祖光与新凤霞夫妇也在"反右运动"中双双被划为"右派"，不同于丁玲夫妇一同下放北大荒的是，被划为"右派"后，吴祖光被下放到了北大荒，而新凤霞则被留在北京继续登台演出，并且新凤霞的"右派"是内部划定，不对外宣布。

1949 年 10 月，著名剧作家、电影导演吴祖光从香港回到北京。1951 年，新凤霞与吴祖光结婚，老舍是他们的介绍人，也是他们结婚时的主婚人。1957 年，吴被打成"右派"，文化部领导找新凤霞谈话，动员新凤霞与吴祖光离婚，从而划清界限，被新凤霞当面断然拒绝。而新凤霞也因此被划为"右派"。吴祖光与新凤霞的二儿子吴欢后来说道："1957 年时，由于家母没有和家父离婚，保全了我们的家，家父虽然受了种种冤屈，总归能回到自己的家，有自己的窝。在这一点上家父是受了家母大恩的。"①

1958 年，吴祖光随文化部下放人员到北大荒。新凤霞年纪轻，又是演员，在丈夫下放后，为了不给人们平添闲言碎语的机会，在吴祖光走的第二天，就把三个孩子交给婆婆，自己搬到单位中国评剧院的宿舍去住，过集体生活。"丈夫走了，我是演员，又年轻无知，难免招来是非闲言碎语……我得为祖光保住人格。"② 吴祖光在北大荒劳动改造的三年里，新凤霞一个人担起两家的担子，父母、公婆、弟妹、儿女，又加上三年困难时期，艰辛可想而知。而在这一时期，新凤霞自己头顶"右派"的帽子，还得上台演出，不能演主角，只能演配角，演出任务十分繁重，在"大跃进"时期，有时最多一天要演六七场。她一边照顾家里的老小，一边挂念着在北大荒劳动改造的丈夫，同时还要登台表演，日子过得自然艰难。为了不让在北大荒劳动的丈夫身体垮掉，在最困难的饥荒年代，新凤霞每月给吴祖光寄去一木盒子食品，有奶糖、肉松、牛肉干等，这些

---

① 吴欢. 绝配：吴祖光与新凤霞［M］. 北京：人民日报出版社，2004：129.
② 新凤霞. 我和吴祖光四十年［M］. 北京：中国工人出版社，2002：54.

营养品都是新凤霞在平日里想方设法从不同的渠道买到的，目的就是让丈夫能身体健康平安。同时还寄去自己给吴祖光做的毛衣、毛背心、毛袜子等保暖衣物。

自"文革"起，吴祖光家多次被抄，人也被关进了"牛棚"，所住四合院也被多人所占，无奈之下，新和吴只好搬离了王府井帅府园马家庙九号这个院子，换了两个单元四间房。这套四合院是当年吴与新结婚后买的（1954 年吴与新结婚后，为把上海住的父母接来同住而买的，是一个有 18 间房的四合院）。吴祖光从"牛棚"出来后，被送到天津静海区团泊洼"五七干校"。其间新凤霞先被派到团河农场和天堂河干校劳动，1967 年年底，又被派到西城区挖防空洞，一直挖到 1975 年 6 月，历时 7 年，其间批斗不断，新凤霞身患高血压，不能休息和治疗，终致脑血栓，不治而瘫。

新凤霞在回忆录里记述了当时夫妇被隔离两地劳动改造的情形。"祖光被隔离审查多年，从 1966 年到 1975 年不知转了多少地方，经过多少个灾难的日夜啊。从不许通信，到可以通信；从不许见面，到可以让孩子看爸爸。我也一直同样被劳改、隔离审查、批斗、打骂、日夜不安，关押时不许熄灯，只许脸朝窗子，不许脸转身向里，一个姿势睡觉，灯光照着，我日夜不安地过这样被打骂、批斗的生活，他得了重病，动手术，都不许和家人见面。"① 1974 年，在西城区挖防空洞的新凤霞被告知可以去天津团泊洼农场探亲，这时两人已有 7 年没有见过面了。新凤霞在自己所写的《我和吴祖光四十年》一书里，充满深情地记述了当年那一次探亲的每一个细节，这也成

---

① 新凤霞. 我和吴祖光四十年［M］. 北京：中国工人出版社，2002：156-157.

为那段压抑的岁月里最为温暖与珍贵的记忆。"祖光喜欢吃的食物，我都想方设法买了。他喜欢吃中国式的酥糖，南方的糟肉，我到稻香村买糟肉，我为他也做糟肉，还有鸡、鸭等也带去。桂圆我都把皮剥下来省点地方，干大虾、干贝、海参，做好了的桂圆红豆沙，装了一大盒，蜜饯他爱吃，也买了两斤，还有玫瑰糖。"① 所有东西，新凤霞都准备了两份，大的一份留在家里，供家里的老人孩子过年用，小的一份带给吴祖光，从中我们可以感受到一个妻子、一个母亲、一个儿媳、一个女儿的周到、细心与体贴。1975 年，吴祖光所在的静海团泊洼五七干校结束，吴祖光才被解除看管回到家中，但就在这年 12 月的一天，新凤霞一跤跌倒，送医院后被诊断为脑出血，成了残疾人，从此不能再登台演出。吴祖光为给新凤霞治病，陪她到洛阳看病。从 1966 年 7 月，新凤霞唱了最后一场戏后就再没有露面。1991 年 8 月 3 日，北京工人体育馆举办义演，新凤霞登台即兴演唱，一时轰动全场，此时离她上次演出已有 25 年。

新凤霞是民间艺人出身，自小学戏，没有读过书，也不识字，与吴祖光在一起后，吴祖光非常重视新凤霞文化知识的学习。在吴祖光被下放北大荒的三年中，新凤霞便通过写信来与丈夫联系、交流，一方面给丈夫以安慰，另一方面也是自己练习写作的机会。"我在北大荒的三年，收到过妻子无数的来信，有时会一天收到好几封信。"② 新凤霞病瘫不能登台演出后，开始潜心写作、画画，在这两个领域均取得了突出的成就。他们的二儿子吴欢曾说："父亲晚年主要的任务是照顾半身不遂的妻子，我可怜的母亲。最大的意外收获，

---

① 新凤霞. 我和吴祖光四十年 [M]. 北京：中国工人出版社，2002：157.
② 吴祖光. 一辈子：吴祖光回忆录 [M]. 北京：中国文联出版社，2004：24.

是把家母新凤霞这个扫盲班出身、大字不识一斗的民间艺人，培养
成了著作等身的作家，并且加入了中国作家协会，成了全国戏曲演
员民间艺人转到专业作家队伍中的第一人，也是唯一一人。"①

对于夫妻二人几十年的风雨人生，新凤霞这样说道："我们夫妻
共患难几十年，虽然经过多少风风雨雨，但我们亲手筑起来的这一
钢筋铁骨的家仍然没有动摇过。""我们老两口谁都对得起谁，在几
十年的生活中，相互关心，又各有独立的事业，生活很充实。我虽
然行动不便，祖光的忠实随时温暖我的心。"②"祖光和我家庭生活
很充实，他是我的老师、丈夫，关心我，保护我，尊重我。我的幸
福也只有解放以后才能得到。"③ 吴祖光则说："我和凤霞共同生活
了近三十年，其间曾被强迫离开约八年。但是，使我更多地了解她，
却是在读了她所写的这些文章之后，使我认识了我过去从未接触过
的一个新的世界，并且常常使我感动落泪。"④ 吴祖光与新凤霞的二
儿子吴欢编著有《绝配——吴祖光与新凤霞》一书，该书由人民日
报出版社于 2004 年 9 月出版，其中收录有新凤霞所写的《祖光是个
男子汉》、吴祖光写的《爱妻新凤霞和她的书》、吴欢所写的《我的
祖父吴瀛》《我的父亲吴祖光》《我的母亲新凤霞》，以及吴欢的妻
子陈健骊所写的《我的婆婆新凤霞》等文，从不同的角度记叙了吴
祖光与新凤霞夫妇的风雨人生与两人间的真挚情感。吴祖光著有电
视剧本《新凤霞传奇》，华艺出版社 1997 年出版。新凤霞著有《我

① 吴欢. 绝配：吴祖光与新凤霞 [M]. 北京：人民日报出版社，2004：128-129.
② 吴欢. 绝配：吴祖光与新凤霞 [M]. 北京：人民日报出版社，2004：147.
③ 新凤霞. 我和吴祖光四十年 [M]. 北京：中国工人出版社，2002：41.
④ 吴欢. 绝配：吴祖光与新凤霞 [M]. 北京：人民日报出版社，2004：21.

和吴祖光四十年》。1998年4月9日新凤霞去世，2003年4月9日吴祖光病逝。吴祖光与新凤霞，作为夫妻、父母、儿女、知识分子，均堪称楷模。

二

在"右派"作家中夫妻一方被划为"右派"，另一方不离不弃，陪同下放，共同见证历史的风雨沧桑，其中最具代表性的是王蒙、崔瑞芳夫妇以及艾青、高瑛夫妇。而且两对夫妻均是远赴新疆，直到"文革"结束后才陆续返回北京。

王蒙在回忆当年自己政治蒙难、被下放改造的经历时，常把妻子崔瑞芳与苏联文学作品中那些流亡的革命党人身边的伴侣相比。王蒙生性乐观，即使身经"反右"到"文革"的磨难，都幽默如故，这一方面是性情使然，另一方面也离不开人生遭遇挫折时，身边有始终如一的爱人悉心陪伴、鼓励支持，从而才有了动荡岁月里的几分从容与自在。王蒙季节系列小说《恋爱的季节》《蹉跎的季节》《失恋的季节》以及自传《半生多事》《八十自述》里，他与爱人崔瑞芳的生活经历或以小说的形式或以回忆录的方式，都有着细致而深入的呈现。崔瑞芳署名方蕤所著的《凡生琐记——我与先生王蒙》（长江文艺出版社2008年10月出版）一书，正是为自己与王蒙相伴50年的金婚纪念而写，记录了夫妻二人相识、相恋、相伴50年时光的点点滴滴，叙述质朴、亲切、感人。

崔瑞芳性格温和开朗，是王蒙的贤内助，相夫教子，体贴入微，使王蒙于政治落难、大动荡的岁月中有了苦中作乐、逍遥自在、从容不迫的心态与心境。1950 年 5 月，王蒙作为中央团校第二期毕业的学员，被分配到北京团市委第三区团工委，任中学部以及组织部的负责人，在这里认识了后来的夫人崔瑞芳。"那是一个特别无拘无束的年代。许多男女生恋爱，我们只觉得特别美好，从来没有哪些学生不能谈恋爱之类的想法。所以，我后来称这个时期为恋爱的季节。从一九四九年到一九五七年，那时的中国是爱情的自由王国。"① 崔瑞芳也说道："后来，他写了长篇小说《恋爱的季节》，对这部小说的内容和十分贴切的名字，或许我最能心领神会。"②

1956 年《组织部新来的青年人》发表在 9 月号的《人民文学》上，引起较大反响，王蒙声名鹊起，1957 年 1 月王蒙与崔瑞芳结婚，彼时崔瑞芳在太原工学院读大三。1957 年 11 月王蒙开始遭受批判，1958 年 5 月正式被戴上"右派"的帽子，开除党籍，并被下放到门头沟区桑峪一担石沟劳动，风雨人生就此拉开帷幕，而崔瑞芳在此期间对于王蒙的重要性，可通过王蒙的一段自述文字来作答。在《八十自述》一书中，王蒙将崔瑞芳与俄罗斯历史上十二月党人的妻子相比："至少有五件事，我可将芳与俄罗斯历史上的十二月党人的妻子相提并论。那位俄罗斯女子曾到西伯利亚与自己的丈夫会合，见到丈夫先吻他的镣铐。第一，她不受侮辱，宁可决裂吃亏。第二，她同坐火车送我去桑峪一直送到雁翅。第三，她曾陪我在 1959 年的春节去过一趟桑峪给农民拜年。为此她甚至受到亲人的指责，认为她与'右派'界限毫无，她不惜一切与对我不好的亲人决裂。第四，

---

① 王蒙. 王蒙自传第一部: 半生多事 [M]. 广州: 花城出版社, 2006: 107.
② 方蕤. 凡生琐记: 我与先生王蒙 [M]. 武汉: 长江文艺出版社, 2008: 14.

她此年'五一'穿着半高跟鞋找到南苑。许多看过她的书的人看到这里都说她太伟大了。第五，后面要写到的，1963 年我决定要去新疆，我与她通电话，她三分钟不到就同意了。此后不但去了乌鲁木齐，还去了伊犁，去了公社和巴彦岱大队。"① 在这里，王蒙给妻子崔瑞芳于动荡岁月里的选择勾勒出了一幅精神肖像，这一方面是对崔瑞芳给予自己精神上的支持的感念，另一方面也暗含了作家对自己"右派"人生经历的意义定位。

远赴新疆无疑是王蒙二十多年"右派"生涯中最重要的选择，而新疆十六年的生活也是王蒙在此期间最重要的人生经历，其中，崔瑞芳无疑是一个举足轻重的存在。1961 年冬，王蒙成为"摘帽右派"，被分配到北京师范学院中文系任教。1963 年，已在北京师范学院的王蒙受新疆文联主席王谷林的邀请，决计远赴新疆。崔瑞芳回忆，那时自己正在北京 109 中学上课，接到了王蒙打来的电话，商量去新疆的事宜，"前后通话不到 5 分钟，就定下了举家西迁的大事。放下电话，我忽然感到两腿无力，气血一直往上升。新疆，多么遥远的地方，而我们基本上是没有出过远门的。但是我能理解王蒙"②。

来到新疆后，先乌鲁木齐，后伊犁，崔瑞芳都陪伴左右。在那些日子里，家成了王蒙的港湾。"文革"爆发时，王蒙在巴彦岱乡劳动，崔瑞芳在伊宁二中任教，伊犁市他们的新居是王蒙在动乱年代里遮风挡雨的港湾。谈到"文革"运动风暴自己的处境时王蒙说："我时而回到二中，享受劳动锻炼与居家赋闲的有机结合，享受动荡

---

① 王蒙. 王蒙八十自述 [M]. 北京：人民出版，2013：41-42.
② 方蕤. 凡生琐记：我与先生王蒙 [M]. 武汉：长江文艺出版社，2008：34.

中的小日子。此时全国的知识界尤其是文艺界已经斗了个天翻地覆，一个个都是大祸临头，心惊肉跳，狼奔豕突，朝不保夕，而我跑到了远离政治中心，遥遥啊遥远（苏联歌曲名）的地方，暂时过着太平小日子，我简直得其所哉，除了王某，谁有这个运这个机遇这个尴尬中的浪漫！谁能想象得到王某人是这样在伊犁的杨树林间，清清的渠水旁，洁白的雪峰下面，距离边境只有几十公里的地方，与少数民族弟兄一道吃着串烤羊肉，喝着土造啤酒迎接索命追魂的无产阶级‘文化大革命’的！"① 时局大乱，但王蒙却一直拥有着一个幸福、安宁的小家。王蒙二子一女，大儿子王山 1958 年出生，二子王石 1960 年出生，女儿伊欢 1969 年在伊犁出生，两个儿子出生时，王蒙正以"右派"之身在京郊桑裕沟担石头，女儿出生时正是"文革"动荡之时，王蒙却能于乱世中独享天伦之乐，崔瑞芳可谓功不可没。至 1973 年，王蒙举家从伊犁迁回乌鲁木齐，住在崔瑞芳所在的第十四中学家属宿舍中，那段时间，王蒙无须天天上班，游泳成了每日的功课，可谓另一番"逍遥"。1978 年第 5 期的《人民文学》上发表了王蒙的短篇小说《队长、书记、野猫和半截筷子的故事》，标志着王蒙向中心文坛的回归，此后，《向春晖》《快乐的故事》《最宝贵的》等一系列短篇小说先后发表。1978 年，他的第一部长篇小说《青春万岁》由人民文学出版社出版。1978 年 12 月 5 日，由《文艺报》和《文学评论》主持，文艺界在北京新侨饭店召开的会议上为包括王蒙的《组织部新来的青年人》在内的作品平了反。1979 年 6 月 12 日，王蒙与崔瑞芳乘 Z70 次列车离乌返京。回顾起

---

① 王蒙. 王蒙自传第一部：半生多事 [M]. 广州：花城出版社，2006：263.

这段岁月妻子与自己相濡以沫的陪伴，王蒙由衷地感慨道："严酷的生活，强力的时代，有多少人鸿燕东西，有多少亲人天各一方，有多少家庭破裂，有多少家庭妻离子散……而王某何幸，有温馨家室存焉，有夫唱妇随存焉，有避风的小巢存焉，有未来的不知猴年马月终可实现的希望存焉。希望几近渺茫。希望终非绝望。希望符合常识常理常规，现实倒更像疟疾式的病态。有希望就比没有希望强。真正抱有希望的人就完全不必着急。在阶级斗争已经是风声鹤唳、山雨欲来风满楼的乱世，夫复何求？不幸中有大幸焉！不幸中有关爱存焉！"① 没有妻子生死相依，何来王蒙如此感慨？

被划为"右派"后举家迁移新疆进行劳动改造的还有诗人艾青一家。1956 年艾青与高瑛走到了一起，这时他们都各自刚刚从上一段婚姻中走出来，因高瑛前夫状告艾青破坏他人家庭，法院最后判艾青半年劳役，监外执行，高瑛也因此放弃了公职。1957 年艾青与高瑛的第一个儿子出生。受丁玲、陈企霞反党集团一案的牵连，1957 年下半年，艾青也开始遭受批判，年底被划为"右派"，开除党籍，撤销一切职务。第二年，艾青被下放到东北完达山北麓一个叫南横林子的地方，是北大荒 852 农场场部的所在地，高瑛带着自己的儿子以及自己与前夫的女儿陪同下放，在 852 农场志里有这样的记载："1957 年'反右'时，艾青也遭到厄运，1958 年春下放到黑龙江省 852 农场。农场拨出一幢专供师级干部住的木结构房屋，让他们夫妇居住。不久，又任命艾青为农场示范林场的副场长。"②

① 王蒙. 王蒙自传第一部：半生多事 [M]. 广州：花城出版社，2006：258.
② 高瑛. 我和艾青 [M]. 北京：北京十月文艺出版社，2007：52.

北大荒生活条件较为艰苦，在王震的建议下，1959 年艾青夫妇一同迁往新疆石河子落了户。

1967 年，艾青一家被赶出石河子，送到农八师的 144 团，住在一个地窝子里，直到 1972 年才搬回，这是艾青一家在新疆最困难的时期，恶劣的生存环境使得艾青的一只眼失明。这一时期，全家六口（其中有艾青与高瑛的两个儿子，以及高瑛与前夫所生的一儿一女）靠艾青每月 45 元维持生活，高瑛为了艾青和孩子们的身体绞尽脑汁，"每个月 45 元的生活费，难以维持下去。到哪里给他找营养？我开始卖家里的东西。大衣、毛衣、皮鞋一件件出手了。卖东西的钱，虽说不多，但能救急。我请连队里的职工，骑着自行车，跑到几十里外的老沙湾，买回来肉和大米，给艾青增加营养"①。高瑛是北方人，性格直爽开朗，家里家外均能独当一面，她不仅一直陪伴在艾青的身边同甘共苦，同时，在艾青遭受政治磨难的岁月里，高瑛还一次次地为了艾青所受的委屈而据理力争，这也是艾青能最终渡过难关的有力保证。1979 年，艾青改正错划"右派"，举家迁回了北京。

三

从"右派"作家的婚恋境遇的视角来看，诗人流沙河的经历给人们留下了一个乱世情缘的感人故事。1958 年，诗人流沙河因参与

———————————

① 高瑛. 我和艾青 [M]. 北京：北京十月文艺出版社，2007：88-89.

《星星》的创刊、编辑等事务，在《星星》创刊号上发表诗作《草木》篇而被打成"右派"，在省文联机关内监督劳动。1966年"文革"爆发后，被押解回故乡金堂县城厢镇监督改造，人生陷入低谷，但正是在最为黯然无光的时候，流沙河却收获了爱情。

流沙河的爱人叫何洁，比流沙河小十一岁。何洁曾是成都市川剧团的演员，年轻貌美，政治出身好，舅舅又是四川省委组织部部长，却在与流沙河一次短暂的相遇后对流沙河一往情深。在流沙河已被划为"右派"，并于"文革"中被下放回家乡监督劳动之际，何洁却不避流沙河大"右派"的身份，多次从成都跑到流沙河的家乡去探望他，也正是这探望，让两个人彻底地打开了心扉。其间，流沙河曾给何洁写了七封情书，这七封情书后来被流沙河称为"七只情雁"，收录于后来出版的回忆录《锯齿啮痕录》中。七封情书的第一封写于1966年7月18日，第七封写于1966年8月19日，这时正是"文革"动乱骤起之时，这些信可谓乱世恋情的见证，也是最真诚的爱情宣言。1966年8月21日，何洁在成都的家中收到流沙河的第七封来信后，于第二日悄悄离家来到流沙河的家乡，这一天恰逢七夕节，没有事先筹划和协商，见面后流沙河临时决定当天举办他们的婚礼仪式。何洁回忆当时的情景说："我的故乡成都，那时候已经被红旗、语录、大字报淹没了，人心惶惶、野心勃勃的年轻人在准备'造反'。也就是在这一天，我到他的老家，立刻结婚了。"① 流沙河忆及当时的情形也说道："我想此事有必要向岳社长说一声，所以才去社内找他。他听了，很惊诧，便叫我去找派出所。

---

① 流沙河. 锯齿啮痕录 [M]. 上海：生活·读书·新知三联书店，1988：58.

我到了派出所，说给黄干事听。黄干事说：'可以。'我真想不到此事居然这般容易。踏着轻快步，飘飘然回家，站在门外招手，请母亲出来。我向她耳语：'妈，我同何洁今天结婚。你看还得准备些什么？'母亲说：'枕头。'她用欢喜得颤抖的手指解下围腰，忙着去百货商店买枕头去了。"① 这是一场怎样仓促而刻骨铭心的婚礼，一碗红烧肉，一碗炒藤藤菜，母亲是唯一的证婚人，在简陋的小屋里，举办了这样一场特殊的婚礼。何洁在婚后第五天被当地镇派出所驱回成都，为了能与流沙河在一起，何洁不顾自己母亲的劝阻，毅然将户口从成都迁到了流沙河的家乡。"何洁被张所长赶走后，音书杳无。她那天冒着大雨回成都，肯定病了，想起令人忧愁。半个多月以后，某日我正在拉大锯，忽见她笑盈盈地蹿入木器家具社来。我放下锯子，跨出马杆，前去迎接。她递来一张纸，我看了又是喜又是忧。她真的从成都把户口迁来了。"②

"文革"中，流沙河的家被抄十二次，藏书及作品都被查抄而去，唯流沙河在与何洁热恋时所写的七封情书和七首情诗（包括《情诗六首》和一首《故乡吟》）被何洁视为"珍品"，于动荡的岁月里冒着危险保存了下来。"浩劫十年，我们小小的家被抄十二次。他的六百册书、若干册稿本、若干生活用品，都被抄走。抄走了这些，虽然痛心，我却忍受了。我心爱的珍品还在。"③ 为了将这"珍品"保存下来，何洁可谓想尽了一切办法，先是将其缝于自己胸前

① 流沙河. 锯齿啮痕录 [M]. 上海：生活·读书·新知三联书店，1988：180-181.
② 流沙河. 锯齿啮痕录 [M]. 上海：生活·读书·新知三联书店，1988：199.
③ 流沙河. 锯齿啮痕录 [M]. 上海：生活·读书·新知三联书店，1988：58.

内衣里，后藏在新出生的儿子的襁褓中，再后来送回成都娘家，又转移到祖籍贵阳，最后送到四川苏东坡故乡一位女知青的手中。冒着极大的风险，千方百计只为能将记录和见证自己与流沙河爱情的这些诗文保存下来，这本身便是一种挚爱的证明。

不仅如此，"文革"结束后，正是何洁从金堂县公安局取回了流沙河被查抄而去的 20 世纪 50 年代以来至"文革"中所写的日记，而正是这些日记使得流沙河后来能够写出回忆录《锯齿啮痕录》。"我写作过程中才发现日记的用处有多么大。可以说，没有那些日记，就不会有这一部回忆录。我确信，是日记唤醒了那十年灾难岁月的记忆。那些日记失而复得的故事也就顺理成章地做了《锯齿啮痕录》的引子。"① 也正是在这些被何洁抢救回来的日记中，发现了许多流沙河在那些岁月里即兴创作的一些诗作，有新诗也有旧体诗词，而这些诗作有许多收入了后来出版的《流沙河诗集》中。这本诗集后获全国首届诗集奖。

从 1966 年回乡劳动改造，到 1978 年改正错划"右派"，这十二年是流沙河故乡劳动的十二年，同时也是与何洁共同度过的艰辛十二年，也是他们于风雨飘摇中坚守自己爱情的十二年。在这十二年中，他们共同承受了抄家、批斗、游行示众的运动冲击，共同哺育了他们在"文革"初诞生的女儿蝉蝉和儿子鲲鲲。这十二年，一家四口，再加上流沙河的母亲，全凭流沙河在锯木厂拼命干活儿维持生计，其中的艰辛不易可想而知。"我在故乡劳动十二年，前六年拉大锯，后六年钉木箱，失去任何庇荫，全靠出卖体力劳动换回口粮

---

① 流沙河．锯齿啮痕录［M］．上海：生活·读书·新知三联书店，1988：81.

维系生命，两次大病，差点呜呼哀哉。"① 1978 年 5 月 6 日，流沙河被宣布摘掉了"右派"的帽子，在故乡四川金堂县文化馆做了馆员，行政二十二级。这顶帽子戴了整整二十年。1979 年 9 月 15 日，四川省文联为流沙河平了反。1979 年 12 月 15 日，一家迁回成都，流沙河回到四川省文联工作，在《星星》编辑部任编辑。

高晓声本来也可以拥有一份与流沙河一样的乱世真爱，但却因爱人过早去世而抱憾终生，也使自己后来的婚姻生活充满着沉重与无奈。20 世纪 50 年代中期，高晓声是江苏省文联的专业作家。大致在 1955 年的时候，高晓声因肺病住院期间和一位也在这里看病的叫珠萍的姑娘结识，同病相怜，又很说得来，两人成了恋人。还有一种说法说这个姑娘姓邹，是高晓声的同学。不论怎样，这位女子是高晓声一生的至爱。1957 年，高晓声因参与创办同人刊物《探求者》，并起草《"探求者"文学月刊启事》而被打为"右派"，1958年被遣送原籍武进农村进行劳动改造。珠萍抛弃了教师的工作，陪着高晓声一同下乡务农。可惜红颜薄命，在乡村贫穷的生活和繁重的体力劳动，压垮了她本来就十分虚弱的身体，1959 年就因病去世，这件事给高晓声身心造成极大的打击，导致其肺病加重，后来在苏州第一人民医院做了手术，拿掉了三根肋骨，切除了部分肺。此后，终其一生，高晓声的卧室里始终挂着珠萍的遗像。高晓声的好友林斤澜对人讲起过这些事："他在楼阁上安一个佛龛，这个佛龛干什么呢？供他的前妻同学！妻子怎么说怎么吵都没有办法，高晓声初一

---

① 流沙河. 锯齿啮痕录 [M]. 上海：生活·读书·新知三联书店，1988：23.

十五总要上去点几炷香，下来时脸色严峻，仿佛身在异处。"① 20 世纪 90 年代，高晓声在上海文艺出版社出版了自己唯一的一部长篇小说《青天在上》，里面讲的就是自己和这位早逝的妻子的故事。1999年，高晓声病重，住进了南京的一家医院，高晓声见病情无望，要求转院到无锡，人们都大为不解，好友陆文夫、林斤澜读懂了高晓声的心，因为那位早逝的爱妻就是无锡人，死了做鬼也想在一起。"高晓声的气管已被切开，不能说话。他用手指在空中写了一个很大的字，因为大，站在身边的人看得明明白白，那个字是'家'！"②

珠萍去世后，高晓声很长一个时期单身一人，抱着病痛未愈的身躯艰难度日。有一个时期高晓声被派往武进县三河口中学任代课教师。他的学生冯申正多年后忆起了高晓声下放到三河口中学任教时的情景："一天，我放学回家，看到一个人坐在北塘河中学桥南的桥墩边，同学说，他就是高晓声。我眼睛一亮，不禁停下了脚步仔细观察起来：他坐在一张藤椅上，个子不大，人很瘦，看上去体重只有七八十斤，像个干瘪小老头，两只脚蜷曲着坐在藤椅上还竟宽荡荡的，一只手撑着下颌，一副病态（高老师患肺病日趋严重，动手术切除了一叶肺，抽去了三根肋骨），给人以明显的沧桑感，脸上表情深邃凝重，像一尊雕塑，一双眼睛看似半眯，但目光犀利有神，似乎要看透从桥上走过的每一位学生。"③

---

① 程绍国．天堂水寒：林斤澜和高晓声、叶至诚、林昭 [J]．当代，2005（5）：195–211.

② 程绍国．天堂水寒：林斤澜和高晓声、叶至诚、林昭 [J]．当代，2005（5）：195–211.

③ 高晓声文学研究会．高晓生研究：生平卷 [M]．南京：江苏文艺出版社，2014：38.

"文革"中，1968 年至 1970 年，高晓声被押在三河口公社梧岗五队进行劳动改造。1970 年回到三河口中学做勤杂工。1972 年到学校的校办菌肥厂工作。劳动繁重，生活无人照料，1972 年在后母的撮合下，高晓声与后母娘家的一个叫钱素贞的亲戚成了亲。关于这场婚姻，高晓声在当时对友人说："你不知道，父亲六七十岁，母亲是后娘。谁来过问我的寒暖饥饱？谁来关心我的疾苦病痛？我管了锅里还要顾灶里，做了田里还要做家里；我衣服破了没人补，袜子脏了没人洗啊……"① 成家后，钱素贞身边带着自己与前夫的三个小孩，加上高晓声的父母，一家七口，当时高晓声每月有三十六元四角的工资，这是维持全家生计的主要收入，日子自然过得常常是青黄不接。可以说，正是这种体验，才有了《"漏斗户"主》《李顺大造屋》等小说的诞生。所以，高晓声自己也说："我写他们，是写我的心。"②

高晓声与钱素贞这场从一开始便有着迫于乱世中生计考虑的婚姻，到后来从生计的困境中走出来后婚姻便陷入了危机。1983 年以来，高晓声就多次提出与钱素贞离婚，这场离婚案历时多年，1992 年还因此闹上法庭，终至离婚，高晓声为此疲惫不堪，中间虽有过几段情感经历，终至纷扰无终。

---

① 潘英达.我认识的高晓声 [J].小说林，1982（10）：93.
② 潘英达.我认识的高晓声 [J].小说林，1982（10）：93.

四

　　刘绍棠在 20 世纪 50 年代的文坛上有"神童"作家的美誉。1954 年，18 岁的刘绍棠进入北大中文系读书，是年 8 月刘绍棠与曾彩美结婚。1957 年 8 月，刘绍棠被定为"三类右派"，1958 年 2 月，被开除出党。1966 年"文革"爆发后，形势日益严峻，刘绍棠深感待在北京城已十分危险，便收拾行囊回到了自己的出生地——大运河畔的通县儒林村，住在自己一个表姐的房子里。当时刘绍棠的妻子曾彩美在北京一所中学任教，家里还有三个孩子要照顾，所以，刘绍棠独自回到故乡。

　　从 1966 年 6 月，至 1979 年 1 月改正错划"右派"，刘绍棠在家乡度过了 13 个他一生最难忘的春秋。在刘绍棠于"文革"中回到生身之地——北京通县儒林村期间，许多乡亲给了刘绍棠竭尽所能的关照，其中一位被刘绍棠称为丫姑的乡村妇女，她曾是一个贫农家的童养媳，与刘绍棠童年时便甚为熟识，在刘绍棠回乡后，给予了刘绍棠无微不至的关怀和照顾。"我被划了'右'，沦为不可接触的贱民，丫姑却又表现出她那侠肝义胆的品格。最难忘 10 年内乱中，她给过我许多保护和帮助。"[1] 后来，刘绍棠在自己的多部作品中的女性人物形象的身上都留下了丫姑的影子，其中被刘绍棠视为代表作的《蒲柳人家》中的女主角日莲，就是以丫姑为原型的。

---

　　① 刘绍棠. 我是刘绍棠：刘绍棠自白 [M]. 北京：团结出版社，1996：202.

　　丫姑的女儿桂香，大名杨广芹，小刘绍棠 15 岁，刘绍棠回乡后，常去杨广芹家做客，在频繁的交往中，两个人的内心产生了浓烈的情感，他们甚至憧憬着做精神上的夫妻，但最终又止步于兄妹情谊。杨广芹，1951 年生于儒林村，1966 年刘绍棠避乱还乡时，杨广芹读初中二年级，时年 18 岁。杨广芹当年在村中是一个非常出色的女孩子，念过中学，入了党，还是村里的团支书，她有过三次被推荐上大学的机会，但都因拒绝批判刘绍棠而未能入学。也是为了刘绍棠，出众的杨广芹到三十岁时才成了家，那时刘绍棠早已回京。刘绍棠与杨广芹的情谊一直都十分牢固、真挚，后来刘绍棠每每回到故乡，都回到杨广芹家中做客，他发表的每一部作品都会寄给杨广芹，每年杨广芹的生日时，刘绍棠都会寄去贺卡，在刘绍棠的心中，杨广芹一直占有着十分重要的位置。"我的短篇小说《含羞草》里的合欢，《燕子声声里》中的雨前，中篇小说《芳年》里的黄莲儿，《两草一心》中的春雪，《绿杨堤》中的水芹，《乡风》中的桂香，都有她的影子；尤其是《二度梅》中的青凤，更是她的画像。"① "文革"中，正是在杨广芹的督促和鼓励下，刘绍棠写出了《地火》《春草》等长篇小说，使得自己在动乱岁月里有了一份宝贵的收获。正如儒林村村民宋凤成回忆说："我个人觉得刘绍棠能有这么大的成就，出版了那么多的小说，肯定与我这个姐姐（杨广芹）有很大的关系，可以说是至关重要的，他在儒林村时坚持创作，写了不少小说散文，我都有看过。我这个姐姐不但在精神上支持他，

---

　　① 刘绍棠. 我是刘绍棠：刘绍棠自白 [M]. 北京：团结出版社，1996：204.

还在生活上无微不至地关心他，给他顶住来自各方面的压力。"① 可以看出，在刘绍棠大乱还乡期间，杨广芹给了他生活上的照顾、精神上的安慰，在事业上也给予他鼓励，是他精神上最重要的动力。在那样的环境和处境下，杨广芹在刘绍棠的生活中无疑是十分重要的，甚至成为一种最为重要的支撑，使得刘绍棠能在精神上不被压垮，生活上也较为安宁，可以说于物质生活、精神生活、情感需求上对刘绍棠都是一种难能可贵的支持。刘绍棠在这种状态下能保持好的心态和精神状态，与杨广芹的存在是密不可分的。刘绍棠去世后，2013 年，由杨广芹口述、沦沦记录的《心安是归处：我和刘绍棠》出版，在这部书里杨广芹详细地叙述了自己与刘绍棠之间非同一般的情谊，这同时也是研究刘绍棠在"文革"中的经历及创作状况十分重要的文献资料。

可以说，复出作家是当代作家经历最坎坷、最为丰富的一个群体。复出作家是当代大型政治运动的亲历者，他们的个人生活与中国当代的历史大事件交织在一起，这使得他们又成了当代大历史的承载者与记录者，所以，对复出作家的历史生活境遇的关注也便构成了对政治运动历史本身的关注。也许正是 20 世纪 50 年代以来的政治运动，以及在这场运动中所遭受的冲击，使得许多作家的人生轨迹变得跌宕起伏，无形当中具有了几许"传奇化"的故事色彩。也正因此，复出作家们的生活状态及遭遇本身也成了有着丰富的历史滋味的组成，其中，他们在受到冲击后的婚恋境遇更是这一"历

---

① 杨广芹口述，沦沦记录. 心安是归处：我和刘绍棠 [M]. 北京：当代中国出版社，2013：203.

史化"的叙述中不可或缺的部分。复出作家们在受冲击后的婚恋境遇个个不同，而这种不同在他们后来的文学创作中都有着深刻的体现，所以，考察"右派"作家改正错划复出前的婚恋境遇，既是对当代政治运动中的知识分子生存境遇的研究，同时也构成了对作家复出后文学创作走向的一种观察。

附录二　复出作家改正错划右派前的收入及生活水平考

　　新时期文坛上复出的作家中，有着被划为"右派"经历的作家占了很大的比重，同时这些"右派"作家也是 20 世纪 80 年代文坛上一个十分重要的作家群体。基于中华人民共和国成立后的文艺管理机制和作家管理方式，在很长一个时期内作家的收入主要包括工资和稿酬两大部分。20 世纪 50 年代社会上曾有"三名三高"（名作家、名记者、名演员和高工资、高奖金、高稿酬）一说，作家位列其中，可见当时作家的收入水平与社会整体水平相比较而言属于较高的。中心作家不仅能获得极高的荣誉，同时在收入方面也甚为丰厚。1957 年的"反右"运动中，许多作家受批判的罪名之一便是追求高收入、生活腐化，如对刘绍棠、丁玲等作家的指责。1958 年 10 月 10 日，文化部发出《关于降低稿酬标准的通报》，通报中称过高的稿酬标准，使一部分人的生活特殊化，脱离工农群众，不利于创作的繁荣，希望各地报刊社、出版社将稿酬降低一半。一时间很多作家主动表示要降低稿费，张天翼、周立波、艾芜三位作家于 1958

年9月29日的《人民日报》上发表联合署名文章《我们建议减低稿费报酬》，这既是对上级号召的响应，同时也有着政治上表态的意味，这也从一个侧面反映出当时作家的收入已成为一种颇具关注度的社会现象，同时，对作家高工资、高稿酬的调整也成为彼时对知识分子进行改造的一个重要的层面。

1957年发起的"反右"运动中，被划为"右派"的作家不仅在政治上成为有罪之人，在经济收入方面也较之前有了较大的落差。被划为"右派"后，大多作家失去了创作的权利，即使坚持写作，创作出的作品也无处刊发，这便使得绝大多数的"右派"作家没有了稿酬的收入，这种状况即使在20世纪60年代初"摘帽"后对很多作家而言也没有丝毫改变，对他们而言，发表作品、获得相应的稿酬，要到"文革"结束获得政治上的彻底清白后才成为可能，也才真正地得以"重返"文坛。被划为"右派"的作家除了失去稿酬收入，同时还要受到工资被降级甚至完全被停发的处罚。这便使得许多"右派"作家从之前富足、优越的生活状态陷入一种困顿窘迫的状态，其中的辛苦不易，也成为这些"右派"作家人生遭际的一个重要的层面。不过，这也无法一概而论。同被划为"右派"，就收入及生活水准而言，有的作家在生活上坠入底层甚至陷入绝境，有的作家则由于之前有较为丰厚的积蓄或工资虽然降级但相对而言还维持在一个不错的水平，从而在生活上较有保障，这便形成了作家在被划为"右派"后在经济情况方面的差异性，从而导致了他们的"右派"人生有着不同的体验和感受，而这种人生体验的差异性对他们在改正错划"右派"复出后的文学创作有着深刻的影响，也便形成了不同"右派"作家的不同的"右派"文学书写。下面以丁玲、刘绍棠、王蒙三位作家为研究个案，来具体地看一下被划为"右派"后作家的收入与生活水平究竟处于怎样的状况。为了便于对当时作家的收入状况有更为直观的认识，这里先大致地罗列下 20 世纪 50 至 70 年代中国城市居民的收入水平。根据国家统计局所发布的数据，我国全民所有制单位及城镇集体所有制单位职工的年平均工资 1955 年为 527 元，1956 年为 601 元，"文革"初的 1966 年为 636 元，到"文革"结束时的 1976 年为 605 元。整个 20 世纪 50 至 70 年代，这个年平均工资水平基本上维持在 520 元至 640 元之间。①

—

中华人民共和国成立后，收入分配从供给制改为工薪制以后，丁玲就响应作协党组提出的作家自给的号召，一直没领过工资，以稿费为生，当时丁玲的稿费收入及存款总额不得而知，但从生活用度上来看应该较为宽裕，家里公务员的工资也是由丁玲自己来支付的。在被打成"右派"前，丁玲还先后两次捐款。1951 年 6 月，丁玲响应抗美援朝总会的号召，捐款 1200 余万元（旧币）。1952 年 6 月，她又将荣获的斯大林奖金（二等奖）共 5 万卢布全部捐给了中华全国民主妇女联合会儿童福利部。

1955 年，文艺界开始了对所谓的"丁、陈反党集团"的批判，几经反复，1958 年 5 月，中国作协整风领导小组做出《关于右派分

---

① 国家统计局社会统计司. 中国劳动工资统计资料 1949—1985［M］. 北京：中国统计出版社，1987.

子丁玲的政治结论》："开除党籍，撤销作家协会副主席、全国文联主席团委员、全国文联委员职务，撤销人民代表职务，取消原来的行政（七级）级别，保留作协理事。"① 此后，双双被打成"右派"的丁玲、陈明夫妇先后被下放到北大荒进行劳动改造。1958 年 2 月，原在北京电影制片厂工作的陈明带着保留厂籍、撤销级别的处理意见，到黑龙江宝清县的 853 农场二分场劳动，每月工资 28 元。陈明初到黑龙江，就向时任农垦部部长王震提出了丁玲想到北大荒来的想法。当时王震问起丁玲还有多少存款，陈明回答说，还有一万多元。1958 年 6 月，丁玲来到了北大荒，在王震的安排下来到了汤原农场，并把陈明也调了过来。1958 年至 1964 年，丁玲夫妇一直在汤原农场劳动、生活。丁玲到北大荒时，带着从作家协会拿到的一纸由中宣部署名盖章的介绍信，上面写着："撤销职务，取消级别，保留作协理事名义。下去体验生活，从事创作；如从事创作，就不给工资。如参加工作，可以重新评级评薪。"到了佳木斯后，北大荒农垦总局政治部副主任兼人事处长李天光看到介绍信后对丁玲说："怎么不给工资？那你吃什么呢？"丁玲回答说自己还有些存款，丈夫陈明每月有 28 元的工资。最后李天光还是决定："来到这里，每月 30 元吧。"②

初到北大荒时，丁玲干起了养鸡的工作，作协副秘书长张僖在周扬的指派下，于 1959 年 7 月专程去北大荒了解丁玲的情况，后来他这样讲述当年所看到的丁玲劳动的场景："丁玲穿着两排扣子蓝布

① 李向东，王增如．丁陈反党集团冤案始末 [M]．武汉：湖北人民出版社，2006：252．
② 杨桂欣．丁玲与周扬的恩怨 [M]．武汉：湖北人民出版社，2006：179．

解放服，站在一个案板前，剁菜很用力气，速度很快。程书记说她一天要干八小时，我对程书记说，这样不行，将来要垮的，能否用她的长处来教文化课？丁玲给我看她浮肿的腿，我一摁就是一个坑。她还说，我挺得住。当时我心里很难过，一个老作家怎么弄成这样？"① 在王震的关心和直接干预下，农场给丁玲重新安排了工作，1959 年夏季以后至 1964 年下半年，丁玲在汤原农场担任畜牧队专职文化教员。1964 年 12 月至"文革"爆发前，丁玲又转至宝泉岭农场，负责组织职工家属的学习。

　　基于农场条件的便利，从伙食情况来看，丁玲在汤原农场和宝泉岭农场时期的生活虽说俭朴但整体水平应该说还是不错的。陈明在回顾当时的生活情景时这样写道："我们冬天吃的菜是冻三样，就是萝卜、土豆、白菜，都是冻的，煮一下，我们自己搞一点辣椒。还有，把棒子面饼切成片，放在炉子上烤，很好吃。我们也有改善生活的时候，吃大马哈鱼，切成块一炸，然后一炖，挺好吃。有时我们也露天站着看电影。工地上也能看病，还可以做盲肠炎手术，医生就是我们农场的医生，原来都是部队的卫生员。"② 丁玲夫妇在这里可以很方便地买到鸡蛋和牛奶，同时自己还养鸡种菜，两人每月的粮食标准均为 31 斤，工资收入合起来每月有 50 多元，口粮充足，伙食丰富，这在 20 世纪 60 年代初的困难时期，可谓难能可贵了，同时，在王震的关照下，丁玲夫妇此一时期的劳动强度也并不

---

① 陈徒手. 人有病　天知否：一九四九年后中国文坛纪实［M］. 北京：人民文学出版社，2000：128.

② 陈明口述，查振科、李向东整理. 我与丁玲五十年：陈明回忆录［M］. 北京：中国大百科全书出版社，2010：179.

是很大。1962 年冬天,陈明调到汤原农场工会工作,分管职工教育,组织群众文化活动,为方便工作,陈明还从结余的工资中拿出一笔钱买了一辆飞鸽牌自行车。

"文革"爆发后,丁玲夫妇的生活也遭受了较大的冲击。1968年夏至 1969 年 5 月,夫妻俩分别被关进了"牛棚",在"牛棚"里两人每月分别有 15 块的生活费。关于这一阶段的遭遇,丁玲在其改正错划"右派"复出后所写的《"牛棚"小品》里有翔实的记载。从"牛棚"出来后,丁玲被分配到 21 队在群众管制下进行劳动,扫厕所、淘粪水、下大田割麦,对一位 60 多岁的老人而言,可谓高强度的劳动,这也是丁玲来到北大荒后最为艰辛的一段岁月。这种状况一直持续到 1970 年 4 月,丁玲夫妇被带离北大荒,分别被关进秦城监狱。关于在秦城监狱的生活情况,陈明在回忆录中有所记述:所关的房间有十来平方米,配有抽水马桶,每月一份《红旗》杂志,每天一份《人民日报》,每月发一次日用品,每两个星期管理人员推平板车送书,供借阅,马恩列斯著作,以及《鲁迅全集》,范文澜的《中国通史》。伙食比农场吃得好,光早饭轮换着有二十多样。过节吃饺子。每半年拆洗一次被褥。洗澡冬天每两周一次。"我在秦城从没挨过饿,吃得比农场好,而且越来越好。住进新楼,光是早饭的花样,轮换着有二十多样。菜嘛,吃过咸鸭蛋、松花蛋,还有北京的酱菜辣丝,记得 20 世纪 50 年代吃过,不过好像没有这么好吃。主食有时还吃面包,吃炸馒头撒白糖。"[①]

1975 年 5 月 19 日,中央专案审查小组办公室做出《对叛徒丁玲

---

① 陈明口述,查振科、李向东整理. 我与丁玲五十年:陈明回忆录 [M]. 北京:中国大百科全书出版社,2010:223.

的审查结论》："丁玲是叛徒，其问题性质属敌我矛盾，遵照毛主席'调研从严，处理从宽'和'给出路'的政策，保留其公民权，养起来，每月发给八十元生活费。"① 从秦城监狱相继出来的丁玲与陈明来到了山西长治嶂头村。此时陈明的工资恢复了"文革"前的待遇，按文艺八级，每月有 129 元的工资，生活水平大为好转，用陈明的话说："我们的钱坐在炕上吃也吃不完。"② 1978 年 7 月丁玲彻底摘掉了"右派"的帽子。1979 年 1 月丁玲与陈明夫妇二人从山西农村返回了北京。

二

除丁玲外，刘绍棠在当时也是一位凭稿费收入生活而不领工资的作家。作为 20 世纪 50 年代文坛上的"神童"作家，刘绍棠在当时的作家中属于高收入者。他 13 岁便开始在报纸上发表作品，1952 年因发表《青枝绿叶》《摆渡口》《大青骡子》等小说而声名大噪，同时成为团中央重点培养的对象。1954 年，18 岁的刘绍棠进入北大中文系读书，是年 8 月刘绍棠与曾彩美结婚。后来为了更专心地从事自己的文学创作，1955 年春，刘绍棠从北大中文系退学，转到中国文学讲习所。1956 年 3 月刘绍棠加入中国作协，成为当时全国最

① 李向东，王增如. 丁陈反党集团冤案始末 [M]. 武汉：湖北人民出版社，2006：258.
② 陈明口述，查振科、李向东整理. 我与丁玲五十年：陈明回忆录 [M]. 北京：中国大百科全书出版社，2010：249.

年轻的中国作协会员，此后，刘绍棠申请专事创作，不拿工资，靠稿酬为生。

到 1956 年转为专业作家时，刘绍棠已出版四本书，即短篇小说集《青枝绿叶》《山楂村的歌声》，中篇《运河的桨声》《夏天》。当时刘绍棠的稿酬是每千字 18 元，出书的话，每发行 3 万册便增加一倍的稿费，所以，仅这四本书的出版，便给刘绍棠带来了一笔可观的收入，也因此才使得刘绍棠有底气敢于声明不拿工资，"光是这 4 本书，我收入一万七八千元。稿费收入的 5% 交党费，但不纳税"①。按刘绍棠所讲，把这笔钱存入银行，年利率为 11%，每年仅利息便可收入 2000 元左右，平均算下来每月有 160 元，相当于一个 12 级干部的工资。而当时物价较低，一斤羊肉 4 角多，一斤猪肉 6 角，可以说，刘绍棠虽不拿工资，但仅凭当时所收稿费的利息所得，刘绍棠一家便可过上相对富足的日子。1956 年春，刘绍棠的妻子曾彩美生了孩子，刘绍棠便从稿费中拿出 2500 元在中南海的隔壁买了一个三合院，包括有五间住房、一间厨房、一间厕所和一个杂物间。

1957 年上半年，刘绍棠主要致力于长篇小说《金色的运河》的创作，并在《人民日报》上刊登广告，计划于当年的国庆节出版，印数 10 万册。刘绍棠当时已计划好："此书如果出版，可得稿费 3.5 万元。因而，我打算拿到这笔稿费，深入生活 10 年，10 年之后拿出多卷体长篇小说。我想花 5000 元在我那生身之地的小村盖一座四合院，过肖洛霍夫式的田园生活。10 年内虽然不发表和出版作品，但每月的利息收入仍可使全家丰衣足食。"② 但一切都因突然而至的批

---

① 刘绍棠. 我是刘绍棠：刘绍棠自白 [M]. 北京：团结出版社，1996：117.
② 刘绍棠. 我是刘绍棠：刘绍棠自白 [M]. 北京：团结出版社，1996：117.

判运动戛然而止。愿望没有达成，刘绍棠的这一想法在随后的反右运动中，却成为招致批判的一大罪状。1957 年的反右运动中，刘绍棠成为众矢之的，《文艺报》《中国青年报》《人民日报》相继发文展开对刘绍棠的批判，在这些批判的声音里，最为突出的便是指责刘绍棠有负党的栽培，贪图生活的享受，是青年作家走向堕落的典型。如 1957 年 8 月 27 日的《中国青年报》上发表的文章题目便是《从神童作家到"右派"分子——记刘绍棠的堕落经过》，1957 年第 22 期的《文艺报》上发表批判刘绍棠的文章《刘绍棠之类的青年作家是怎样堕落的》，1957 年 10 月 17 日《人民日报》发表的评论员的文章为《青年作者的鉴戒！刘绍棠追求名利堕落叛党》。刘绍棠所设想的高稿酬所带来的安宁优越的写作生活并没有达成，相反却因此而成为贪图享乐、思想堕落的典型。

被划为"右派"后，1958 年 10 月，刘绍棠被派到北京门头沟永定河畔采挖沙石，12 月又转到京东百子湾火车站建设工地修铁路。1960 年 6 月，先后被发配到北京南郊大兴县的高米店、安次县桐柏镇、通县张家湾等地从事平整土地、兴修农田水利的劳动。1961 年 11 月，上级部门宣布摘掉刘绍棠"右派分子"的帽子，刘绍棠也结束了劳动改造，回到家中开始了自己的创作，《北京日报》上发表了刘绍棠的短篇小说《县报记者》，这也是刘绍棠在整个 20 世纪 60 年代发表的唯一一部作品。1966 年"文革"爆发后，刘绍棠深感待在北京城已十分危险，便收拾行囊回到了自己的出生地——大运河畔的通县儒林村，住在自己一个表姐的房子里。因银行账户被冻结，全凭稿费收入生活的刘绍棠在最初回到乡里时甚为不易，据同村好友杨广芹回忆："刚回来的那一段日子，形势很紧，让人看不到希望。刘绍棠不敢看书，不敢写小说，日子过得相当单调与压抑，你想他等于从一个峰巅，突然掉到谷底，事业无望，生活无望，那时他的银行账户都是冻结的。父母兄弟都在城里，都不敢搭理他；妻子孩子都在城里，没法管她们，没法在一起，亲戚朋友们也是离得远远的。在他最困难的时候，曾经写信给朋友们想借点钱，但是信寄出去后杳无音信，谁也没有把钱给他邮过来。"①

从 1966 年 6 月至 1979 年 1 月，刘绍棠在家乡度过了 13 个春秋。在家乡远离风暴中心，不受运动冲击，家乡父老给了刘绍棠最大的关心和照料，这也使得刘绍棠能较为平静地度过十年"文革"的动荡岁月，没有关押，也没有游街批斗。"大乱还乡"对刘绍棠来说是一个十分明智的选择，在家乡简陋的屋舍里，刘绍棠相继完成了《地火》《春草》《狼烟》等作品。"绍棠是抱着回乡务农的目的扎根儒林村的，但故乡的干部和父老兄弟，谁也不忍心拿他当一个劳动力对待。为了照顾他的体力，也为了使他与两派斗争隔离，不卷进旋涡，队干部分配他独自一人放牛、拾粪、赶小驴车、看场院、看小鸡。有时也分配他跟刚刚初中毕业的孩子一起拉墒、牵牲口蹚地、钻青纱帐，愿意干多少就干多少。30 多岁的壮小伙子干这些活计，当然不需要费大力气。对父老乡亲的深情厚谊，绍棠后来无限感激地说：'这干那些活儿，等于在疗养院休养……'"② 1979 年 1 月，团中央对原来本系统的"右派"错划问题做出了处理，并在《中国青年报》上刊发了给本系统的"右派"进行改正的消息，新华社随

---

① 杨广芹口述，沱沱记录. 心安是归处：我和刘绍棠［M］. 北京：当代中国出版社，2013：25.

② 郑恩波. 刘绍棠全传［M］. 北京：文化艺术出版社，2006：213.

后就向全国发了通稿。刘绍棠被打为"右派"时共有存款2万余元，反右之后利率年年下降，"文革"前降到年利率3.6%，仅靠利息已不足以维持生活，每年都要用掉一部分本金，到1979年1月24日错划问题得到改正时，刘绍棠的银行存款剩余2300元，不管怎么说，这对很多人来说，也还是一笔不小的数目。

三

相比较而言，被划为"右派"的王蒙要比其他"右派"作家日子过得好许多，即使是远走新疆，王蒙的生活也可谓自在、安逸，甚至有几分"逍遥"。与同被划为"右派"的其他作家的境遇相比较而言，王蒙在几十年的动荡岁月中几乎没有受到过正面的冲击，远在新疆的他，远离风暴中心，甚至被运动所遗忘；而在新疆时期，与生活在自己身边的其他群众相比，王蒙的日子也过得可谓宽裕，甚至"富足"。

中华人民共和国成立后，王蒙先在北京团市委第三区团工委工作，后又到北京有线电厂任团委副书记，月薪是87元。1956年在《人民文学》发表短篇小说《组织部新来的青年人》，得稿费476元，差不多相当于王蒙半年的工资所得，这在当时是一笔不小的数字了，王蒙把这笔稿费用在了与崔瑞芳结婚的开销上，"'组'的所得稿费已够我们购置了当时条件允许的一些装备，包括玻璃书柜、书桌、半软沙发椅等"①。与此同时，王蒙在这一年完成了自己的首部长篇小说《青春万岁》，送中国青年出版社出版，签订合同后，中国青年出版社预付了王蒙500元的稿费，后因1957年批判声音渐起，《青春万岁》的出版搁浅，王蒙将500元的稿费给中国青年出版社退了回去。

1957年，王蒙被划为"右派"。1957年至1962年在北京郊区门头沟的桑峪、一担石沟、三乐庄等地参加劳动，这段时间生活较不易，一是劳动繁重，二是其间王蒙的两个儿子先后出生，三是在1960年因粮食供应紧张，王蒙的粮食定量由原先的每月45斤降为32斤，较为窘困的生活状况直到1961年秋王蒙被摘掉"右派"的帽子才有所好转。1962年夏王蒙被分配到北京师范学院任教，日子开始好起来，在北京师范学院工作期间，不论是收入、住房还是工作等方面，王蒙都得到了很好的待遇和照顾，"我们吃饭多半到学校教工食堂，做得很好，两面焦的火烧鲜脆金黄。但是一吃食堂就更觉粮票太'费'。有时我们到甘家口商场去吃，能吃到狮子头、木须肉什么的，也吃过裹着鸡蛋的炸油饼，深感营养在我，丰富满足"②。据王蒙在北京师范学院任教时的同事王景山在"文革"中所写的材料中所述，这一时期的王蒙在生活和工作上都是很顺利的，"王蒙来系后，虽然名为助教，但和其他助教不同，是另眼相看，受到优待的。当时房子很紧张，但还是千方百计给王蒙搞了一个单间（当时助教谁也没有这个权利）。出席文艺界的会，听文艺界的报告，

---

① 王蒙. 王蒙自传第一部：半生多事 [M]. 广州：花城出版社，2006：154.
② 王蒙. 王蒙自传第一部：半生多事 [M]. 广州：花城出版社，2006：206.

王蒙都是受到照顾的"①。这时期王蒙的夫人崔瑞芳在中学任教，收入也不错，开销绰绰有余，有余钱去东安市场买咖啡与可可粉、帕瓦罗蒂的《我的太阳》，还买了台300元的二手苏制相机，日子过得可谓"小资"了。

1963年，为了更好地创作，王蒙举家离京，来到新疆。在赴新疆前，王蒙在别人的提醒下从所在的单位北京师范学院申请到了800元的补贴，相当于王蒙月工资的近十倍，可谓意想不到的收获，兴奋的王蒙在临行前用这笔钱在王府井一个牙科诊所修补了牙齿，给自己买了一件中式丝棉袄，同时还给妻子崔瑞芳买了一件大衣和一条呢料裤子。到了新疆后，王蒙被分配在《新疆文学》杂志任编辑。1965年，王蒙又从乌鲁木齐来到了伊犁的巴彦岱，在伊宁县红旗人民公社二大队任副大队长，夫人崔瑞芳也由乌鲁木齐调到伊宁二中任教。他们先住在学校分给的房子里，后租住在当时维吾尔族居民家，再住伊宁一中家属院。关于那时的生活状况，王蒙的夫人崔瑞芳回忆道："我们初到伊犁时，那里的商品供应还是十分充足的。当地盛产的奶油、蜂蜜、瓜子等等，商店里都能买到，而且价格很便宜。"② 日子安逸，生活条件相对当地居民要好，以致"文革"中，崔瑞芳还因穿得好，家居用品讲究而被贴了大字报："第二天一推门，老天，敢情是贴到房门上的大字报：'崔瑞芳，资产阶级生活方式，家里有沙发……还烫头发……'"③ 1969年，因所在单位自治区文联成立大联委，王蒙被认定为属于没能改造好的对象，决定扣

---

① 王景山. 王景山文集［M］. 北京：首都师范大学出版社，2007：102.
② 方蕤. 凡生琐记：我与先生王蒙［M］. 武汉：长江文艺出版社，2008：56.
③ 王蒙. 王蒙自传第一部：半生多事［M］. 广州：花城出版社，2006：302.

发王蒙的工资，同时冻结存款，每月发生活费 60 元。崔瑞芳当时每月有 70 元工资，之前王蒙的工资在每月 150 元左右。但最终执行的结果是除了工资降级，冻结存款的事不了了之。虽然扣去了一部分，但王蒙夫妇两人加起来的收入也还不算太少，只不过王蒙的小女儿正是这时诞生，加上两个正在长身体的儿子，这段时间是王蒙在新疆时日子过得较紧的一个时期。

到 1971 年，王蒙被所属单位自治区文联派到乌鲁木齐市南郊的乌拉泊五七干校"入学深造"，与此同时，单位恢复了王蒙的原工资，还补发了两年来所扣的两千多元，这笔钱使得王蒙一家在"文革"后期过着相对宽裕的生活。1973 年王蒙与夫人崔瑞芳从伊犁调回到了乌鲁木齐，住在崔瑞芳学校所在的家属房，这期间王蒙较为松闲，一家的饮食成为一天中最为忙碌的所在，"我与芳也大力抓膳食。除朋友们的帮助以外，我们的亲戚也常常带来松花蛋、点心、咸带鱼、肉松等。我的干烧鱼做得成功，瑞芳的滑熘肉片与珍珠（糯米）丸子也越做越成功。我们还自己做过肉松，瘦肉多了肉松容易成丝，肥肉多了，就要往里边加面粉，这些都是从实践中得来的学问"①。这样的食单，在那个年月不可谓不丰富了。而王蒙此时虽调回到了乌鲁木齐创作研究室，但实际并没有创作任务，与儿子一起游泳成了王蒙这一时期的"主业"。夫人崔瑞芳回忆道："1973 年到 1975 年，王蒙游泳都游疯了，不但自己游，还把两个儿子也带了去。他们头一天先蒸好一大锅伊拉克蜜枣窝头，第二天上午就带了窝头出发去红雁池游泳，中午在那里吃饭（那窝头大约已晒馊了），

---

① 王蒙. 王蒙自传第一部：半生多事 [M]. 广州：花城出版社，2006：363.

一直游到下午四五点钟才回家。王蒙说这是'神仙般的日子'。"①
1975 年，王蒙又提笔开始了创作，长篇小说《这边风景》以及短篇
小说《队长、书记、野猫和半截筷子的故事》《向春晖》《最宝贵
的》等正是在这一时期完成的。1979 年，王蒙返回北京，同年改正
错划"右派"。

从 1963 年至 1979 年，王蒙在新疆生活了 16 年，从 29 岁到 45
岁，其中六年在伊犁巴彦岱乡劳动，两年在乌拉泊五七干校，八年
在新疆维吾尔自治区文联工作。对王蒙而言，这十六年是充实、欢
快、收获的十六年，即便在"文革"时，王蒙一家也能独享平安。
不仅如此，这十六年里，王蒙还学会了维吾尔语，与当地的少数民
族兄弟结下了深厚的友谊，同时也从新疆少数民族人民那里感悟到
了达观的生活态度和幽默智慧的生活哲学，也正是有着如此丰富的
在新疆劳动生活的体验，才于日后有了《哦，穆罕默德·阿麦德》
《淡灰色的眼珠》《爱弥拉姑娘的爱情》《逍遥游》等总题为"在伊
犁"的系列小说的问世，也才有了后来获茅盾文学奖的长篇小说
《这边风景》。"右派"这顶帽子让许多的知识分子吃尽了苦头，饱
经磨难，甚至家毁人亡，可对王蒙来说，这顶帽子却如一道"护身
符"，使他在动荡的岁月中得以游离于政治风暴旋涡之外，独享难得
的安宁。可以假设，如果王蒙没有被打成"右派"，另或没有远走新
疆，很难预料在后来的运动中会有着怎样的遭遇。也许正是由于远
离政治运动中心而获得的相对的安宁，由于收入的基本稳定而换来
的生活的可靠保障，自己以及新疆人民天生开朗活泼的性格，才使

① 方蕤．凡生琐记：我与先生王蒙［M］．武汉：长江文艺出版社，2008：102.

得王蒙在复出后的作品中更多地流露出的是一份乐观、幽默、豁达
与澎湃的激情。

王蒙的"右派"经历有几分幸运的成分,甚至有些许因祸得福
的意味,但对很多"右派"作家来说则没有那么幸运,被打成"右
派"的流沙河于"文革"时被下放回家乡四川金堂县城厢镇监督劳
动改造,拉大锯、钉木箱,挣计件工资,拼尽全力,一天可得一块
多钱,凭此养活全家老小,一干十二年。从维熙自被划为"右派"
的二十多年里,辗转于营门铁矿、茶淀农场、团河农场、曲沃砖场、
晋普山煤矿、大辛农场、伍姓湖农场等劳动改造场所,绝大多数的
时候没有工资,繁重的劳动只能换来少量的定量粮食供应,食能果
腹也成为一种奢望。被划为"右派"后作家的收入及生活水平有着
很大的差异性,生存境遇也个个不同,从而形成了"右派"作家们
不同的生活体验、历史记忆与政治心态,而这些又使得这些"右派"
作家在复出后表现出不同的历史反思意识与文学书写形态。

参考书目

[1] 黎之. 文坛风云录 [M]. 郑州：河南人民出版社，1999.

[2] 陈徒手. 人有病　天知否：一九四九年后中国文坛纪实 [M]. 北京：人民文学出版社，2000.

[3] 郭晓惠、郭小林整理. 郭小川1957年日记 [M]. 郑州：河南人民出版社，2000.

[4] 涂光群. 中国三代作家纪实 [M]. 北京：中国文联出版公司，1995.

[5] 贺桂梅. 转折的时代：40—50年代作家研究 [M]. 济南：山东教育出版社，2003.

[6] 薄一波. 若干重大决策与事件的回顾：上、下卷 [M]. 北京：中共党史出版社，2008.

[7] 戴煌. 胡耀邦与平反冤假错案 [M]. 北京：中国工人出版社，2004.

[8] 叶永烈. 反右派始末 [M]. 西宁：青海人民出版社，1995.

[9] 朱正. 1957年的夏季：从百家争鸣到两家争鸣 [M]. 郑

州：河南人民出版社，1998.

[10] 季羡林主编，牛汉、邓九平执行主编. 没有情节的故事 [M]. 北京：北京十月文艺出版社，2001.

[11] 李向东，王增如. 丁陈反党集团冤案始末 [M]. 武汉：湖北人民出版社，2006.

[12] 王增如. 丁玲办《中国》 [M]. 北京：人民文学出版社，2011.

[13] 张炯主编. 丁玲全集 [M]. 石家庄：河北人民出版社，2001.

[14] 李向东，王增如. 丁玲传 [M]. 北京：中国大百科全书出版社，2015.

[15] 丁言昭. 丁玲传 [M]. 上海：复旦大学出版社，2012.

[16] 周良沛. 丁玲传 [M]. 北京：北京十月文艺出版社，1993.

[17] 秦林芳. 丁玲评传 [M]. 南京：南京大学出版社，2012.

[18] 邢小群. 丁玲与文学研究所的兴衰 [M]. 济南：山东画报出版社，2003.

[19] 杨桂欣. 观察丁玲 [M]. 北京：大众文艺出版社，2001.

[20] 汪洪. 左右说丁玲 [M]. 北京：中国工人出版社，2002.

[21] 王增如. 无奈的涅槃：丁玲最后的日子 [M]. 上海：上海书店出版社，2003.

[22] 袁良骏. 丁玲研究资料 [M]. 天津：天津人民出版社，1982.

[23] 杨桂欣. 我所接触的暮年丁玲 [M]. 北京：中国广播电视出版社，2004.

[24] 郑笑枫. 丁玲在北大荒 [M]. 北京：中共党史出版社，2008.

[25] 秦林芳. 丁玲的最后 37 年 [M]. 北京：中国文史出版社，2006.

[26] 陈明口述，查振科、李向东整理. 我与丁玲五十年：陈明回忆录 [M]. 北京：中国大百科全书出版社，2010.

[27] 贺兴安. 王蒙评传 [M]. 北京：作家出版社，2004.

[28] 方蕤. 王蒙："放逐"新疆十六年 [M]. 北京：东方出版社，1995.

[29] 王蒙. 我是王蒙 [M]. 北京：团结出版社，1996.

[30] 王蒙. 王蒙八十自述 [M]. 北京：人民出版社，2013.

[31] 王蒙. 王蒙自传：半生多事 [M]. 广州：花城出版社，2006.

[32] 王蒙. 王蒙自传：大块文章 [M]. 广州：花城出版社，2006.

[33] 王蒙. 王蒙自传：九命七羊 [M]. 广州：花城出版社，2006.

[34] 王蒙. 王蒙文存 [M]. 北京：人民文学出版社，2003.

[35] 方蕤. 凡生琐记：我与先生王蒙 [M]. 武汉：长江文艺出版社，2008.

[36] 流沙河. 锯齿啮痕录 [M]. 北京：生活·读书·新知三联书店，1988.

[37] 流沙河. 晚窗偷读 [M]. 青岛：青岛出版社，2009.

[38] 流沙河. 流沙河诗集 [M]. 上海：上海文艺出版社，

1982.

[39] 石天河. 逝川忆语:《星星》诗祸亲历记 [M]. 香港:香港天马出版有限公司, 2010.

[40] 高晓声文学研究会编. 高晓生研究:生平卷 [M]. 南京:江苏文艺出版社, 2014.

[41] 叶至诚. 至诚六种 [M]. 北京:人民文学出版社, 2010.

[42] 王尧. 陆文夫研究资料 [M]. 北京:人民文学出版社, 2016.

[43] 李怡, 易彬. 穆旦研究资料 [M]. 北京:知识产权出版社, 2013.

[44] 陈伯良. 穆旦传 [M]. 北京:世界知识出版社, 2006.

[45] 易彬. 穆旦评传 [M]. 南京:南京大学出版社, 2012.

[46] 杜运燮, 等. 丰富和丰富的痛苦:穆旦逝世 20 周年纪念文集 [M]. 北京:北京师范大学出版社, 1997.

[47] 杜运燮, 等. 一个民族已经起来:怀念诗人、翻译家穆旦 [M]. 南京:江苏人民出版社, 1987.

[48] 陈伯良. 穆旦传 [M]. 北京:世界知识出版社, 2006.

[49] 高秀芹, 徐立钱. 穆旦:苦难与忧思铸就的诗魂 [M]. 北京:文津出版社, 2007.

[50] 易彬. 穆旦年谱 [M]. 北京:中国社会科学出版社, 2010.

[51] 从维熙. 走向混沌 [M]. 北京:作家出版社, 2012.

[52] 从维熙. 我是从维熙 [M]. 北京:团结出版社, 1996.

[53] 从维熙. 我的黑白人生 [M]. 北京:生活·读书·新知

三联书店，2014.

[54] 从维熙. 从维熙自述 [M]. 郑州：大象出版社，2006.

[55] 从维熙. 从维熙文集 [M]. 北京：华艺出版社，1996.

[56] 陆建华. 汪曾祺传 [M]. 南京：江苏文艺出版社，1997.

[57] 金实秋. 永远的汪曾祺 [M]. 上海：上海远东出版社，
2008.

[58] 汪曾祺. 汪曾祺自述 [M]. 郑州：大象出版社，2002.

[59] 汪曾祺. 汪曾祺全集：八卷 [M]. 北京：北京师范大学
出版社，1998.

[60] 陆建华. 汪曾祺的春夏秋冬 [M]. 郑州：河南人民出版
社，2005.

[61] 唐瑜. 二流堂纪事 [M]. 北京：生活·读书·新知三联
书店，2005.

[62] 李辉. 依稀碧庐：亦奇亦悲"二流堂" [M]. 深圳：海天
出版社，1998.

[63] 吴祖光. "二流堂"里外 [M]. 南京：江苏文艺出版社，
2008.

[64] 吴祖光. 我的冬天太长了 [M]. 北京：东方出版社，
2003.

[65] 吴祖光. 游戏人间 [M]. 北京：东方出版社，1998.

[66] 吴祖光. 新凤霞传奇 [M]. 北京：华艺出版社，1997.

[67] 吴祖光. 一辈子：吴祖光回忆录 [M]. 北京：中国文联
出版社，2004.

[68] 吴祖光. 往事随想 [M]. 成都：四川人民出版社，2000.

[69] 吴祖光．吴祖光日记：1954—1957［M］．郑州：大象出版社，2005.

[70] 吴祖光．吴祖光自述［M］．郑州：大象出版社，2004.

[71] 新凤霞．我和吴祖光四十年［M］．北京：中国工人出版社，2002.

[72] 吴欢．绝配：吴祖光与新凤霞［M］．北京：人民日报出版社，2004.

[73] 张洁，许国荣．吴祖光悲欢曲［M］．成都：四川文艺出版社，1986.

[74] 周红兴．艾青的跋涉［M］．北京：文化艺术出版社，1988.

[75] 程光炜．艾青传［M］．北京：北京十月文艺出版社，1999.

[76] 高瑛．我和艾青的故事［M］．北京：中国戏剧出版社，2003.

[77] 杨匡汉，杨匡满．艾青传论［M］．上海：上海文艺出版社，1984.

[78] 吴洪浩．不灭的诗魂·艾青［M］．济南：山东画报出版社，1996.

[79] 董正勇．追踪艾青［M］．乌鲁木齐：新疆大学出版社，1997.

[80] 汪亚明．土地与太阳：艾青的世界［M］．天津：天津人民出版社，1999.

[81] 骆寒超，吴登瀛．艾青纪念文集［M］．北京：作家出版

社，1999.

[82] 海涛，金汉．中国当代文学研究资料丛书·艾青专集 [M]．南京：江苏人民出版社，1982.

[83] 艾青．艾青诗全编 [M]．北京：人民文学出版社，2003.

[84] 邵燕祥．沉船 [M]．上海：上海远东出版社，1996.

[85] 邵燕祥．人生败笔：一个灭顶者的挣扎实录 [M]．郑州：河南人民出版社，1997.

[86] 邵燕祥．一个戴灰帽子的人 [M]．南京：江苏文艺出版社，2014.

[87] 邵燕祥．找灵魂：邵燕祥私人卷宗：1945—1975 [M]．桂林：广西师范大学出版社，2004.

[88] 邵燕祥．《找灵魂》补遗 [M]．广州：广东人民出版社，2014.

[89] 郑恩波．刘绍棠全传 [M]．北京：文化艺术出版社，2006.

[90] 刘绍棠．我是刘绍棠：刘绍棠自白 [M]．北京：团结出版社，1996.

[91] 杨广芹口述，沱沱记录．心安是归处：我和刘绍棠 [M]．北京：当代中国出版社，2013.

[92] 贾植芳．狱里狱外 [M]．上海：上海远东出版社，1995.

[93] 贾植芳．我的人生档案 [M]．上海：江苏文艺出版社，2009.

[94] 杨显惠．夹边沟记事 [M]．广州：花城出版社，2008.

[95] 张贤亮．文人的另种活法 [M]．长春：时代文艺出版社，

2013.

[96] 张贤亮. 美丽 [M]. 贵阳：贵州人民出版社，2013.

[97] 叶笃义. 虽九死其犹未悔 [M]. 北京：北京十月文艺出版社，1999.

[98] 林希. 拜谒人生 [M]. 郑州：河南人民出版社，1998.

[99] 刘乃元. 历劫不悔 [M]. 郑州：河南人民出版社，1998.

[100] 夏衍. 懒寻旧梦录 [M]. 北京：生活·读书·新知三联书店，1985.

[101] 徐光耀. 昨夜西风凋碧树 [M]. 北京：北京十月文艺出版社，2001.

[102] 本社. 自诬与自述：聂绀弩运动档案汇编 [M]. 武汉：武汉出版社，2005.

[103] 韦君宜. 思痛录 [M]. 北京：人民文学出版社，2013.

后　记

　　本书是浙江省社科基金项目"当代作家复出作研究"（19NDJ
C200YB）的成果。

　　全书共计十一章，另有附录两章，着重对丁玲、王蒙、路翎、
张贤亮、艾青、从维熙、汪曾祺、高晓声、邵燕祥、刘绍棠、流沙
河、穆旦等作家的"复出作"进行个案的考辨、阐释与研究。通过
个案研究，一方面是对重点研究的个案作家的复出历史进行追溯、
还原与分析；另一方面也是通过对"复出作"本身的文本分析具体
地阐释和探究它在取材、主旨、立意、叙述方式等方面的特征，以
及这些特质又与彼时微妙而复杂的文学环境及政治氛围有着怎样的
关联。具体论述中，侧重开掘作家"复出作"所包含的文学史价值，
重点是将当代作家的"复出作"置于新时期文学的发生以及文学复
苏、文学转型的历史语境下来进行审视，分析"复出作"以怎样的
方式参与到了新时期文学的生产中来，同时分析"复出作"与新时
期文学发生期主题话语的表达与建构，以及与新时期文学生态环境
之间的关联，可以说，是以"复出作"为切入点，对新时期文学发

生期生产的历史现场进行还原。

　　书中所论，是我近年来持续在这一命题领域进行探究的一个结果。对作家"复出作"这一话题的关注，缘于对当代文学一系列环环相扣的历史现象的追问。

　　本书能列入光明社科文库资助出版项目，十分感谢。书中的部分章节已在一些刊物上以论文的形式发表，具体情况如下：

　　书中第一章以《丁玲复出之际创作考——以〈杜晚香〉〈牛棚小品〉与〈在严寒的日子里〉为视角》为题发表于《贵阳学院学报》（社会科学版）2020 年第 1 期；第四章以《张贤亮右派小说中的同情叙事模式及其政治隐喻——兼论 20 世纪 80 年代右派小说的叙事向度与可能》为题发表于《宁夏大学学报》（人文社会科学版）2016 年第 5 期；附录一以《划为右派后作家的婚恋境遇考》为题发表于《文艺争鸣》2017 年第 10 期，附录二以《划为右派后作家的收入与生活水平考——以丁玲、刘绍棠、傅雷、王蒙为研究个案》为题发表于《文艺争鸣》2016 年第 8 期。

　　对当代作家复出作的研究，是对当代文学发展过程中一种历史现象的观察和分析，这也使得这种研究具有了一种重返历史现场的意味。在写作这部书稿期间，书中论及的张贤亮、流沙河、邵燕祥等作家，相继离世，他们的离去，也使得曾经的历史变得更为遥远。现在书稿虽已完成，但其中还有许多地方有待充实和完善，需要完善的不只是内容，更主要的是关于历史的记述。

郭剑敏